读者丛书

DUZHE CONGSHU

中华传统美德读本

# 第一百次站起来

读者丛书编辑组 / 编

读者出版传媒股份有限公司

甘肃人民出版社

甘肃·兰州

**图书在版编目（ＣＩＰ）数据**

第一百次站起来 / 读者丛书编辑组编. -- 兰州 ：
甘肃人民出版社，2023.11
ISBN 978-7-226-05970-8

Ⅰ．①第… Ⅱ．①读… Ⅲ．①散文集－中国－当代
Ⅳ．①I267

中国国家版本馆CIP数据核字(2023)第123366号

出　版　人：梁朝阳
总　策　划：梁朝阳　马永强　李树军
项目统筹：宁　恢　原彦平
策划编辑：高茂林
责任编辑：张　菁
助理编辑：李舒琴
封面设计：裴媛媛

**第一百次站起来**

读者丛书编辑组　编

甘肃人民出版社出版发行

（730030　兰州市读者大道 568 号）

北京温林源印刷有限公司印刷

开本 710 毫米×1000 毫米　1/16　印张 15.25　插页 2　字数 195 千
2023 年 11 月第 1 版　　2023 年 11 月第 1 次印刷
印数：1~5 000

ISBN 978－7－226－05970－8　　定价：39.00 元

# 目 录
CONTENTS

# 勇

李敬泽

据说，古时有三位勇者。

一位是北宫黝。该先生受不得一点儿委屈，"不受于褐宽博，亦不受于万乘之君"，别管你是布衣百姓还是大国君主，惹了他，他就跟你翻脸；"恶声至，必反之"，怎么骂过来的，怎么原样骂回去，或者索性拔刀相向。

北宫黝大概是个侠客，闲下来也许还写点儿杂文。另一位勇者孟施舍可能是武士或将军，他的勇比较简便：不管对方是小股来袭还是大军压境，一概"视不胜，犹胜也"，不管是否打得过，先打了再说。

后来，有人向孟子请教如何做个勇敢的人，孟子举出北宫黝、孟施舍，觉得没说清楚，又举出第三位——孔子。

孔子之勇是："自反而不缩，虽褐宽博，吾不惴焉；自反而缩，虽千万人，吾往矣。"

"缩"不是畏缩之"缩"，而是古时冠冕上的一条直缝。也就是说，摸着心口想想，如果直不在我，自己没理，那么就算对方是个草民，也别欺负人家；但如果想的结果是自己理直气壮，那么，"虽千万人，吾往矣"。

孟子认为，孔子之勇是大勇。对此，我同意。孔子与前两位的不同之处在于，他使勇成为一个伦理问题：勇不仅体现一个人的胆量，它还关乎正义，以及由正义获得的力量和尊严。

但这里有个问题，就是孔子假定大家的心里都有同一条直线，摸一摸就知道有理没理，是否正义。在古时候也许是如此，但如今，我担心我心里的直线和别人心里的直线根本不是一条线。我觉得我有理，他觉得他有理，两个理还不是一个理，结果就是谁也不会"自反而不缩"——老子有理我怕谁？有理没理最终还是得看拳头大小。

所以，为了让我们勇得有道理，最好是大家坐下来，商量出一条共同的直线。但对此，我的看法极不乐观，我估计至少再过两百年，那条直线才可能被商量出来并落实到大家的心里，这还得有个前提，就是在这两百年里，人类仍然在争斗中幸存。

那怎么办呢？孟子没有想到这个问题，所以他没说。现在我苦思冥想，忽然发现，在这三位勇者中其实就另有一条共同的直线——北宫黝先生不怕老百姓，也不怕国王；孟施舍先生不怕小股敌人，也不怕大部队；孔老夫子没理绝不欺负任何人，只要有理，千万人他都不怕。总之，他们都是一个人站在那里，站在明处，面对这个世界。

我认为这就是勇之底线。在众人堆里呐喊，这不叫勇，这叫起哄，这叫走夜路吹口哨给自己壮胆。勇者自尊，他不屑于扎堆起哄，更不会挟虚构或真实的多数以凌人。他的尊严在于他坚持公平地看待对方，如果他是个武士，他不会杀老人、妇女、孩子和手无寸铁的人；但对方即使有千军万马，他也不认为不公平——很好，来吧。这是勇者。

三位勇者为勇确立了一个根本指标，就是看看自己是否真的决心独自承担责任和后果。这样的勇者，从来都是人类中的少数。当然，两千多年过去了，现在是网络时代，到网上看看，似乎已是勇者遍地，但我认为上述指标依然适用。比如，在网上向着八竿子打不着的什么东西怒发冲冠，把键盘拍烂，但转过脸被上司辱骂，有理也不敢还嘴；或者走在大街上碰见流氓急忙缩头，那么，这样的勇不要也罢。因为它是藏在人堆里的勇、免费的勇，它就是怯懦。

话说到这儿，我觉得我知道了什么是勇，但我不敢肯定我能够做到。孔夫子还说过一句话，"知耻近乎勇"，我能做到的是在自己触了电般张牙舞爪时按上述指标衡量一下，如果忽然有点儿不好意思，那么就知耻，拔了插销，洗洗牙和爪，上床睡觉。

（摘自《读者》2020 年第 7 期）

# 士为知己者死

杨铄今

　　豫让是晋国人。早年间曾在范氏和中行氏家族打过工。范氏和中行氏都是晋国的上卿，算得上是最早期的世家大族。豫让在他们两家干了一段时间后，觉得薪资待遇和福利都差一点儿，再想到这两家有那么大的产业，却对员工这么抠门儿，写一封离职信就炒了东家。后来，豫让听说智伯（春秋时晋国执政正卿，智氏家族首领）那里不错，不仅工资高，福利也特别好，就投奔了智伯。到智伯那儿以后，智伯对豫让十分器重。

　　后来，智伯和赵襄子（春秋时晋国世卿，赵氏家族首领）闹掰了。智伯在攻打赵襄子的时候，赵襄子和韩、魏两大家族联合起来玩套路，反手把智伯灭了，顺便瓜分了智伯的土地，这就是历史上的"三家分晋"。要说胜败乃兵家常事，智伯失败了，人死如灯灭，再大的仇也可以化解了。偏偏这个赵襄子却对智伯的怨念极深，他竟然把智伯的头盖骨做成了酒具，平常喝酒的时候就用它。

智伯失败之后，豫让侥幸逃到山里。风波平息之后，豫让回到城里打探消息。当他听到赵襄子拿智伯的脑壳当酒具的消息时，他回想起智伯对自己的礼遇。豫让心如刀割，他来到智伯坟前，跪倒在地，仰天悲呼："嗟乎！士为知己者死，女为悦己者容。今智伯知我，我必为报仇而死，以报智伯，则吾魂魄不愧矣。"

豫让为了报仇，改名换姓，伪装成受过刑罚的人，卖身为奴，进了赵家去修整厕所，寻找机会刺杀赵襄子。

按说，豫让的想法是没错的，人有三急，厕所总是要去的。而且，人在上厕所的时候防范能力和警惕性都比较差，所以选择在厕所中暗杀赵襄子无疑是最好的选择。可惜这个赵襄子命不该绝。

话说这一天，赵襄子进了厕所，突然感觉到背后传来一股杀气，心里一阵惊悸，想也不想就冲出厕所，而此时，豫让的匕首已经拔出了一半。

跑出来的赵襄子赶紧命令侍卫去厕所里搜查，豫让来不及逃脱，被抓了个正着，还被搜出了匕首。赵襄子厉声喝问："你是何人？受何人指使？为何要谋害我？"

豫让虽然被擒，却面无惧色，大义凛然道："大丈夫行不更名坐不改姓，我就是智伯的家臣，豫让。没有任何人指使我，我来就是为智伯报仇的。要杀要剐，随你便！"

赵襄子制止了正要动手的侍卫，说："彼义人也，吾谨避之耳。且智伯亡无后，而其臣欲为报仇，此天下之贤人也。"意思是说，不要杀他，这是个忠义之士，我以后小心防备一点就好了。智伯没有后人，他仅仅是个家臣，却想要为智伯报仇，这是难得的义士。然后他命人把豫让放了。

此事过后，豫让并没有放弃行刺。他为了让自己的形体相貌不被人认出来，用有毒的漆涂遍全身，导致皮肤肿烂；吞下烧得通红的木炭，让自己的声音变得沙哑难辨；他装扮成乞丐沿街乞讨，最后连他的妻子都认不出来他了。

有一天，豫让的一位朋友在路上觉得这个人眼熟，就试探性地问道："你是豫让吗？"

豫让回答说："是。"

这位朋友一听，鼻子顿时一酸，关切地问道："你怎么弄成这样了呢？"

豫让便把自己这样做的原因，原原本本地告诉了这位朋友。朋友听完之后泪流满面，一边哭一边说："兄弟，你这是何苦啊，凭借着你的才能，如果委身侍奉赵襄子，他一定会亲近宠爱你的，那样的话，你刺杀他不是更容易吗？现在你把自己的身子弄残了，想刺杀他不是更难了吗？"

看着朋友哭，豫让也哭了，他对朋友说："如果我委身侍奉了赵襄子，后来又要杀掉他，这是不忠不义、心怀二意地侍奉君主啊，我知道我现在的做法很难，但是我就是想让天下后世那些不忠不义、心怀二意的人感到羞愧。"

和朋友诀别后的豫让准备再次刺杀赵襄子，他藏身在赵襄子每天出行必经的一座桥下面。这一天，赵襄子和往常一样，骑马来到桥边，刚要上桥，马突然惊了，死活不肯上桥。赵襄子心中一动，对手下说道："快去桥下看看，豫让肯定在桥下。"

几个侍卫纷纷拔刀出鞘，到桥下一看，只看到了一个要饭的，并没有看到豫让。赵襄子却说道："快快快，快拿下他，此人就是豫让。"

豫让一脸惊奇，疑惑不解地问道："你是怎么知道的？"

赵襄子双眼一闭，一声长叹道："豫让先生，你先别管我是怎么认出你来的。我只想问你，你也曾经侍奉过范氏和中行氏，后来智伯把他们都灭了，你为什么不替他们报仇，现在却偏偏和我过不去呢？"

豫让听了赵襄子的问话，从容答道："臣事范、中行氏，范、中行氏皆众人遇我，我故众人报之。至于智伯，国士遇我，我故国士报之。"这句话的意思就是，我当初确实侍奉过范氏和中行氏，但是他们都把我当一般人来对待，所以我也只把他们当作一般人。而智伯却以国士之礼待我，所以我自然就要像国士那样报答他。赵襄子听了豫让的话，长叹一声，说道："豫让先生，你对智伯的忠义，我很感动，之前我敬你是一位义士，宽恕了你，但是你一而再、再而三地想取我性命，这次我不能再放过你了！"于是，他命令侍卫把豫让团团围住。

狂笑中的豫让冲着赵襄子大声说道："臣闻明主不掩人之美，而忠臣有死名之义。前君已宽赦臣，天下莫不称君之贤。今日之事，臣固伏诛，然愿请君之衣而击之，焉以致报仇之意，则虽死不恨。"意思是说，我知道您是明主，您之前宽恕了我，天下没有不称赞您的。今天的事，我本该受死，但是我希望能借您的衣服刺上几下，也算实现了我报仇的愿望，这样的话，即使我死了，也没有什么遗憾了。

赵襄子见此情此景，不禁泪流满面，赞赏他的义气。然后便命人把自己的衣服拿给豫让。豫让拔剑三跃而击之，然后，冲着众人说道："我豫让终于可以报答九泉之下的智伯了。"

随后，双眼一闭，面含微笑，横剑自刎。

豫让的故事动人心魄，他坚持为智伯报仇，根本原因就在于智伯理解他、赏识他，所以才有了"士为知己者死"，也才有了"智伯国士遇我，我故国士报之"的无声承诺。

# 在激流中

张 炜

　　在让人瑟瑟发抖的冬天，在寻找一个避寒之所的时刻，人们有时愿意用想象来满足自己。但北风呼啸，严寒覆盖一切，人们已经没有可能走上街头，走向梦想之地。即便是想象力，也似乎在萎缩。我们不可能让幻想攀上应有的高峰，而只能一味地低回、惆怅、忧虑。

　　一部分人生活在温暖而安静的水潭中，在水藻和荻草的遮蔽下，躲闪着光与影，寻觅自己的食物，规避一切伤害。他们尽可能缓缓地移动，在四周圆润的卵石和白色的流沙间，安放自己肥实的躯体。

　　另一些人却愿将自己的生命置于波荡的激流之中。只有在这种淘洗中，他们才能感到生的快乐。那是一份集合了冒险、勇气和尝试的快乐。丧失了这种快乐，他们会觉得虽生犹死。

　　令人不可思议的是，海明威可以身先士卒，冲锋在解放巴黎的前线，可以去西班牙战斗、侦察敌人的潜艇，一次又一次经历飞机失事，死里逃生，全身留下数不清的疤痕……他并非不珍惜自己的生命，也并非将生命作为冒险的抵押品，反倒是充满了生的自信。他的爱恨强烈而明朗，常常表现出令人战栗的率直、果决和冷峻。

另一些美国作家如杰克·伦敦、马克·吐温，也有类似的特征。他们几乎都有自己的传奇和令人难以置信的人生经历。他们都曾把生命置于悬崖之上，体验险绝的经历。这是一种倾尽全力的奔波和拼争。他们都在自己所遭逢的时代竭尽所能地奔走，深入地参与那些重大事件。对一个生命而言，它已经没有第二次机会了。

除了生活的经历，还有纯粹文学的经历。这二者不可剥离。他们都像对待生命一样对待自己的创作，全力以赴。那是生命在经受另一场冲刷，是另一种激流。在这有声有色的搏杀之中，他们痛苦、欢畅，灵魂接受着巨大刺激，产生巨大的欣悦，从而获得人生最大的快感。虽然他们的人生变得百孔千疮，但诗意得到了抒发。这样的人生豪情，使他们一次又一次变得容光焕发。他们在庸人倒下之地高高站立，而且大步向前。他们像旋转的星体，在运动中获得永恒，在炽烈的燃烧中发出光芒。

不仅是男作家，乔治·桑、尤瑟纳尔等女作家，也都有惊人的经历。她们敢于把自己的灵与肉置于跌宕之中。这种风格是由生命的性质决定的。奔走、呼号、参与、奋不顾身，就是诗人的一生。他们留下来的文字、全部的咏唱，只是这首抒情诗和这部交响乐的一章一节，是他们心灵波动的记录。

他们起码不怕那些字眼。他们的整个生命历程就是对那些字眼的实践。领受着这种人类的光荣，他们不屈不挠地走完了全程。

作为诗人，他们是历史上全部传奇人物中的一种。他们统属于一个家族，有着同一种色彩、同一种行为方式，甚至是相似的人生经验。他们在极为曲折的旅程中摇晃着令人震惊的身影。他们当然是一些不安分的生命。世界上的许多事物一向是由这些不安分的生命所创造和维护的。失去了他们，世界就会窒息，就会显得没有声光气息，陷入一片黑暗。是他们的不停旋转和燃烧，给人类送来了维持生命所需的光和热。他们是高空的闪电，是迎着阳光奋力生长的高大植物，是丛林之中最绚丽的花朵，是河流之中最长的波浪，是海洋之中涌动不止的高潮，是波涛中耸立的岛屿，是狂暴天气里冲上浪巅的海鸥，是高空中飞翔的雄鹰，是旷野里吹响的唢呐，是草原上奔驰的骏马。

历史选择了他们，他们走进了历史。

世界上很少有一个母亲愿把爱子推入激流。可世界上又没有一个母亲不会为激流中的孩子感到自豪。她热泪盈眶地凝视着那个风浪中的身影，喃喃自语地宽慰自己，他是由她生出的。生命一旦脱离了母体，就由不得她了。他从起点走向终点，漫长的路要自己完成。更多的时候，他脱离了她的视野。

母亲善良的用意并不是孩子胆怯和安居的理由。为了维护母亲，为了报答善良，他们只有投入激流。这场可怕然而又让人精神倍增的风浪，会使人的生命变得更加顽强。

一场不知终点的出发开始了。奔走吧，鼓起勇气吧，尽管狂风怒吼、尘土扑面，沙子和枯叶一起袭来，可真正的勇士仍然奋不顾身。这是为人类最好的儿女准备的，他们虽不一定个个孔武过人、身躯高大，却无一例外地具有一颗不屈之心。只要这颗心还在跳动，他们就会一如既往。

危难时有发生，战友不断倒下。来不及掩埋，来不及告别。行进中消耗了力量，风沙和雨水灌满了背囊，但也只有向前迈步。在世纪更迭的褶缝里，混浊的水、汹涌的水、吞噬一切的水、纵横交织的水，全部加在了人的身上。

这简直是一场可怕的跋涉，可是唯有这样的跋涉才能证明自己。

最后他可以说："我投入了激流！"

为了什么？为了真实的爱，为了报答那善良的抚慰、那一场无声的哺育。从诞生到现在，再到明天，这一场报答遥遥无期。它需要一个人献出一切。它没有尽头、循环往复……

（摘自《读者》2022 年第 13 期）

# 枪挑紫金冠

李修文

　　没来由地想起了甘肃，陇东庆阳，一个叫作小崆峒的地方，满眼里都是黄土，黄土上开着一树一树的杏花。三月三，千人聚集，都来看秦腔，演的是《罗成带箭》。

　　我来看时，恰好是武戏。一老一少两个武生，耍翎子，咬牙，甩梢子，摇冠翅，一枪扑面，一铜往还，端的是密风骤雨，又滴水不漏。突然，老武生一声怒喝，一枪挑落小武生头顶上的紫金冠，小武生似乎受到了惊吓，呆立当场，与老武生面面相对，身体再无动作。

　　我以为这是剧情，哪知不是。老武生一卸长髯，手提长枪，对准小的，开始训斥。鼓、锣、钹之声尴尬地响了一阵，渐至沉默，在场的人都听清了老武生的训话，他是在指责小武生上台之前喝过酒。老武生说到暴怒之处，举枪便打将过去。这出戏是唱不下去了，只好再换一出。

换过戏之后，我站在幕布一侧，看见小武生还在受罚。

梨园一行，哪一个的粉墨登场不是从受罚开始的？受罚和唱念做打一样，就是规矩，就是尺度。不说练功吊嗓，单说这台前幕后，有着多少万万不能触犯的"律法"：玉带不许反上，韦陀杵休得朝天握持，鬼魂走路要手心朝前，上场要先出将后入相……讲究如此繁多，却是为何？

那其实是因为，所谓梨园，所谓世界，不过都是一回事。因为恐惧，我们才发明了规矩和尺度，以使经验成为看得见的可以依恃的安全感。越是缺乏安全感，恐惧就越是强烈，尺度就愈加严苛。

烟尘里的救兵、危难之际的观音，实际上一样也不存在，唯有回过头来，信自己，信戏以及那些古怪到不可理喻的戒律。岂能不信这些戒律？它们因错误得以建立，又以眼泪、屈辱和侥幸浇成，越是信它们，它们就越是坚硬和无情，但不管什么时候，它们总能赏你一碗饭吃。到了最后，就像种田的人相信农具、打铁的人相信火星子，它们若不出现，你自己就先矮了三分。更何况，铁律不仅产生禁忌，更叫人产生对禁忌的迷恋和渴望。除了演戏的人，更有那些看戏的人，台上也好、台下也罢，只要你去看、去听、去喜欢，你便和我一样，终生都将陷落于对禁忌的迷恋与渴望之中。我若是狐媚，你也是狐媚的一部分，如此一场，你没有赢，我也没有输。

法国哲学家西蒙娜·薇依有云："所谓勇气，就是对恐惧的克服。"要我说，那甚至是解放。我们在恐惧中陷落得越深，获救的可能反而越大，于人如此，于戏也如此。

# 你一定要坚强

小李无刀

生活中我们总会遇到各种各样的挫折。面对挫折，我们的选择将决定自己的命运。

在菲律宾西部海岸，每年秋天都能看到这样一个壮观的场面：海面上黑压压地飞来一片云，飞近了才知是南迁的燕子。它们欢快地鸣叫着，慢慢靠近海岸，但是人们惊奇地看到，一旦到了海岸和沙滩，许多燕子都飞不起来，永远地闭上了眼睛。遥远的路途飞完了，没有死于皑皑雪峰，没有死于茫茫大海，没有死于暴风骤雨，却死于目的地那细软的沙滩上。

为什么会发生这样的悲剧？如果沙滩再远两三千米，这些燕子难道就飞不到吗？他们一定能坚持下去，一定会到达目的地。悲剧的发生恰恰是因为目的地到达了，支持它们的信念突然消失了，意志瞬间松懈，身体也随之极度衰弱，生命之灯于是熄灭了。

软弱是人与生俱来的特质，人类在大自然面前太渺小，渺小得微不足道。但从最初的蒙昧无知到逐渐成熟，我们一步步实现了自己的理想，创建了自己的家园。这得益于我们后天学会的坚强。

成功之路上总是布满荆棘，但正因其险恶，才有别处看不到的风光。

在《时间简史》一书的开头，霍金指出："有人告诉我，我在书中每写一个方程式，都将使销量减半。于是我决定不写什么方程。不过在书的末尾，我还是写进了一个方程——爱因斯坦的著名方程 $E=mc^2$。我希望此举不至于吓跑一半我的潜在读者。"

霍金多虑了。

他的名字被越来越多的人熟知，虽然他研究的学科只有极少数人能理解。

他被誉为继爱因斯坦之后世界上最著名的科学思想家和最杰出的理论物理学家。

而他却被禁锢在轮椅上达 20 年之久，他不能写，甚至口齿不清。虽然他那么无助地坐在轮椅上，但他的思想却神奇地遨游了广袤的时空。

他是一个坐着轮椅的残疾人，他也是挑战命运的勇士。

陈丹燕在《上海的金枝玉叶》里写到一位富家小姐——上海永安公司老板的千金。她从小锦衣玉食，后来却沦落到下乡挖鱼塘清粪桶。多年过去，物是人非，什么都改变了，但是，她竟然还要喝下午茶。家里一贫如洗，烘焙蛋糕的电烤炉早已不见了踪影。怎么办？她自己动手，用仅有的一只铝锅，在煤炉上烘烤，在没有温度控制的条件下，巧手烘烤出西式蛋糕。就这样，悠悠几十年，她雷打不动地喝着下午茶，吃着自制蛋糕，怡然自得，浑然忘记身处逆境，悄悄地享受着残余的幸福。

这是一种生活态度，淡定而从容。生活就是这个样子，悲也好，喜也好，你都要面对，等有一天你回首，会发现那正是你的人生。陪伴你走过来的不是金钱与容貌，而是你那颗坚强的心。

再看这样一个小故事：

年轻人将小狗抱起来，解释说："这是您的，夫人。它已经有 6 个星期大了，而且已经完全习惯了室内生活。"被从黑暗的盒子里放出来的小狗快活地摇着尾巴。

"我们本应该在圣诞节前夜将它送来，但是狗舍的工人明天就要放假了，希望您不要介意早一点收到礼物。"惊异已经让她无法冷静地思考什么了，她已经无法说出完整的句子，只是结结巴巴地问："可是……我不知道……我的意思是，谁，谁送的？"年轻人把狗放在地板上，手指在她举着的信封上点了点。信里写得很详细：这条狗 7 月份就被预订了，它还在娘肚子里时，就被指定为圣诞礼物了。

所有的解释都在信中。斯特拉看到那熟悉的笔迹时，完全忘了小狗，她强忍住已经满溢的眼泪去读丈夫的信。他是在去世前 3 个星期写下这封信的。他说，他已经和狗的主人约定将这只小狗作为他最后一次送给她的圣诞礼物，由他们负责送给她。她明白了，丈夫送她这只小狗是让它接替他作为她的伙伴。这是丈夫对她的爱意的表达，他希望她坚强地活下去。

我想斯特拉会坚强地活下去的，因为有爱。

苦痛算不了什么，我们要学会面对、学会忍受。只要不失去自强不息的勇气，我们就可以战胜一切。

我一直很喜欢这样的歌词：

当灵魂迷失在苍凉的天和地

还有最后的坚强在支撑我身体

当灵魂赤裸在苍凉的天和地

我只有选择坚强来拯救我自己。

（摘自《读者》2010 年第 15 期）

# 我的人生档案

贾植芳

记得鲁迅先生在一篇题为"死"的杂文里说过，中国人过了五十岁，就会想到死的问题。大概那个时候鲁迅正在病中，"死"这个魔影开始侵袭他了。我们乡间又有句俗话："人老三不贵，贪财怕死不瞌睡。"也说到了死的问题。可见中国人无论智愚贤不肖，在这个自然规律面前，都有共识与同感。让我渐渐意识到自己临近老年的标志，是在我收到的信件里，喜庆帖子越来越少，而讣闻却越来越多。这些讣闻的主儿大多是我的同代人或比我年事稍长者，也有五六十岁的中年一代的人。遇到较熟的朋友故世，我也常常到火葬场去参加告别仪式。每逢这种场合，像我这样拄着拐杖的三条腿角色，一般都被安排在前面一排的位置上，面对墙上用黑边围绕的死者遗像低头默哀。每当这种时候，一种幽默感就会在我心里油然而生：火葬场里旧人换新人，独独墙上那颗钉子一成不变，今天挂了这张像，我们在底下低头默哀，明天还不知道轮到谁在上面谁在下面。

所以我虽然进入人生的暮境，对死亡可谓泰然处之。一次，一位比我年长的朋友来看我，因为许久不见，我们在抽烟时，我问他："还写写文章吗？"他听了竟漠然地说："火葬场里又没有办刊物的。"换句话说，对我们这类行将就木的老头子来说，前进的唯一目标，就是快步或慢步地向火葬场走去。过去因为做文章吃过苦头，到了这个时刻，也可以一身轻了。不过我的想法与他有些区别：既然活在这个世界上，要活着就要消费，为了付饭钱，就得为这个社会做些力所能及的事情。这也是一种自我精神安慰，并不是因为"人还在心不死"，还想捞点什么带到棺材里去。

记得外国有个作家说过：一个人只要经过两种出生入死的境界的磨难，就可以获得自由了，这两种境界就是战争与监狱。我生于乱世，有幸经历过这两种境界的考验。抗日军兴，我从日本弃学回国，投身抗战，曾在中条山前线军队里做对敌日文宣传翻译工作，上下火线，也算是经历过出生入死。那时候，经常跟着部队没日没夜地行军，在枪林弹雨里奔来奔去，也不觉得害怕。有时候长途行军，背上背一个煮熟的牛腿，腰间挂一个大酒壶，没日没夜地、迷迷糊糊地跟着队伍走，饿了割一块牛肉，渴了就喝一口土法造的白酒。人生就是这样一步步地走过来的。再说监狱，也是我人生旅途中的驿站。我从小习性顽劣，不肯安分守己，走上社会后又受了知识分子理想和传统的蛊惑，总是拒绝走做太平世界的顺民的道路。所以，命运之神对我的顽劣给了针锋相对的报复：把我一次次投入监狱。1936年初我在北平读中学，因为参加"一二·九"学生运动而被捕；抗战后期我在徐州搞策反，被日本宪兵抓到牢房里，直到抗战胜利才被释放；到上海后不久又因为给进步学生刊物写文章，以"煽动学潮"罪被捉将官里；转眼到了解放，可以松一口气了吧，且慢，批判胡风的乌云又慢慢聚拢来了，终于到1955年，一场风暴把胡风和他的朋友一锅端到监狱去了，我又旧地重游，回到了相别6年的监狱。许多朋友在突然来临的灾难面前感到绝望，有的过早地去世，有的精神错乱了，我因为有了前面几次吃官司的经验，所以虽然在苦海里沉浮了25年，还不至于被命运之神吓唬住，我还是我。但在铁窗里，夜深人静的时候，每每扪心自问，也曾惶惑过：难道我这一辈子就这么度过？监狱里的事情看得多了，人生的许多梦也做醒了，因而就像那位外国作家所说的，人就获得了自由。

我十几岁离开家乡，以后一直在外面东奔西跑，国内国外到过不少地方，其中待的时间较长的地方，除了监狱，就算上海了。如果把在上海监狱里的时间也算上，那就更可观了。我常常说，一个人年轻的时候是动物，可是到了老年就变成植物了，不能跑东跑西了。上海对我来说，是个奇异的地方，尽管我在这里生活了半个世纪，但我的语言和生活习惯却没有什么变化。我仍然操着十足的山西土音，上海人乍听起来觉得像一种外国话；而我的饮食，至今还是以面食为主，对大米、海鲜等上海的日常食品不感兴趣。不过上海人对我的顽固不化并不感到惊讶，因为上海是个移民城市，在20世纪二三十年代它的居民就是由各地来的移民组成的，甚至连一些老外也加入进来。

我在1946年和妻子来到上海时，开始是一个靠卖文为生的知识分子，自然生活在下层人民中间。以前我对上海这个城市并不了解，只是从作家写的有关上海生活的小说里知道一些，但有三个名称一直没能搞清楚："亭子间""老虎灶"和"老板娘"。我在北方从来没有见过这三样东西。"亭子间"我想一定是带有亭子的古代建筑，是个美轮美奂的好场所，后来才知道亭子间是最不值钱的房间，多半为穷困潦倒的人所租住。"老虎灶"是上海一般市民打开水的地方，但为什么称它为"老虎"，我百思而不解。至于"老板娘"，我一直以为是老板他妈。到上海后我住进了亭子间，打开水也是找老虎灶，而且和弄堂口的各类烟杂店的老板娘打着交道。就在这样的下层社会里我认识了上海。后半辈子我在大学里教书和生活，那里是知识分子成堆的地方，与市井生活又有了不同。尤其是近十多年来，因为年老体衰，腿脚不便，除偶尔因公务外出，我绝少进入市区，更不要说去闹市区了，连老城隍庙也好多年没有去了，尽管我很怀念这个有民族特色的地方。就这样，我又渐渐变成住在上海的"乡下人"了。

人生就是这么兜着圈子，这么颠颠簸簸地度过。现在我走路要用拐杖，谈话要用助听器，成了三条腿、三只耳朵的人，有时想想，觉得自己像个《封神榜》里的角色。回顾一生，自然感慨颇多。不过我并不怎样后悔，就像俄国作家契诃夫说过的那样："如果再让我活一次，人们问我，想当官吗？我说，不想。想发财吗？我说，不想。"不用说来世的事，就是今生今世，我也没有做过当官和发财的美梦，没有想过走中国知识分子传统的"学而优则仕"的人生道路。我觉得既然生而为人，又是个知书达理的知识分子，毕生的责任和追求，就是努力把"人"这个字写得端正些，尤其是到了和火葬场日近之年，更应该用尽最后一点吃奶的力气，把"人"的最后一捺画到应该画的地方去。

（摘自《读者》2010 年第 7 期）

# 活着的一万零一条理由

秦文君

不知是由于天性中的忧郁、孤独，还是因为成长的受挫、痛楚，有一段时间，我心里时常会冒出许多有关生命的疑惑。而那时，我的外祖母已年届八十，银发飘飘，说话气喘吁吁，走路时双手不停地哆嗦，像被巨大的无形之手牵引着。但她却像一棵顽强的老树，勤勉地活着，将慈爱的笑容给予她所爱的人。

外祖母常说活着的理由有一万零一条，所以她才留恋生命，留恋那洒进来满房间的阳光。当我追问究竟那一万零一条理由是什么时，她总是笑而不答，并让我自个去寻找答案。

我果真准备了个本子，到处找人攀谈，请他们说出活着的理由。很快，那些理由铺天盖地而来：

有个常来送信的邮差说，他活着是为亲人，他爱他们，要与他们厮守，共度长长的一生；有个邻居是大学生，他说活着是为了荣誉和生命的尊严；我还问过一位陌生的过路人，他说为了不白白来人世一趟，他要到处走走看看，跋山涉水，去领略生命中的许多潜藏的景观，这就是他活着的理由。

最难忘的是一个身患绝症的少女，她长着圆圆的白白的脸，走路都已经弯着膝盖了，还常常出来坐在树下，倾听鸟儿的歌唱。她起初并不知晓自己的病情，后来有人说话不慎露出了口风，少女却没有为此哭泣，而是更长久地坐在树下，抱住她爱的树。很久很久以后，人们才发现她在树干上刻下三个字：我要活。

渐渐地，我那本子上记载的已有数百条了。过了一年，又变成了数千条。虽然远不及外祖母所说的那般浩瀚，但字里行间的真挚动人，却足以说明：热爱生活，善待他人，怀有追求，是多么明智和高尚的选择。

然而，并非人人都能眺望到希望，因为希望总在遥远的前方，具备放眼远望能力的人才能看到它。我曾听一位身世坎坷的少女说，16岁那年她遭受了一次巨大的不白之冤，她发誓说，如果第99天她还讨不回清白，就毁灭自己。可到第90天时，她看到了希望，及时修正了誓言。结果，她抗争了整整一年，终于得到了公正的结局。

断断续续好几年，我都认真地搜集着一条条"理由"，终于有一天，我不再热衷于这方面的抄录，而且，我估计，也许那儿的理由已达到了一万条。

就在这时，外祖母病危。我赶到医院去看她。当时，她定定地睁着眼，侧着双耳，专注而又陶醉地聆听着什么。我悄声问她在听什么美妙的声音。

外祖母喃喃地说："我在听心跳的声音。"

这何尝不是世上最美的仙乐呢？生命多么辉煌灿烂，多么值得去珍惜。

我流着泪，郑重地将这第一万零一条活着的理由镌刻在心中，永远，永远……

（摘自《读者》2000 年第 4 期）

# 生死交情，千载一鹗

马少华

张千载跟文天祥是同乡好友，从小在一起读书，被老师视为"双璧"。可惜张千载的运气不是很好，当文天祥高中状元、飞黄腾达甚至官至宰相的时候，他还只是一个小举人，郁郁不得志。

文天祥知道张千载的才学，想拉他一把，推荐他出来做官。但张千载心气很高，始终没有去见文天祥，一直在家里种田、读书。

南宋祥兴元年（公元1278年），文天祥率军抗元失败，在五坡岭（今广东海丰县北）被俘，一路北上被押解到大都（今北京）。张千载听说后，立即变卖家产，等文天祥一行路过他的家乡时，就跑去上下打点，请求跟随文天祥一起去大都，照料他的起居。元军统帅也很敬仰文天祥的为人，就答应了。于是，一路上，张千载天天服侍文天祥，给他喂饭，帮他洗漱，像一个忠心的仆人。

到大都后，文天祥被关押起来，张千载就在附近找了房子住下，每天去给文天祥送饭。文天祥在狱中写的诗文，张千载花钱买通关系，将它们秘密带出来，其中就包括那首著名的《正气歌》。

就这样，张千载倾家荡产，不避寒暑，尽心尽力地服侍了文天祥三年，直到文天祥被忽必烈下令处决。此时已身无余财的张千载，不知道又用了什么办法，硬是将文天祥的尸体运了出来，而且还将在俘虏营中自杀殉夫的文夫人欧阳氏的尸体也一并找来，火化后将二人的骨灰带回老家。

或许是文天祥的光芒太过耀眼，减弱了跟他同时代的人的亮度，但张千载的事迹，很值得我们重新提起。

张千载只是一个小人物，他终生都没有做过官，也没有带兵跟元军打过仗，甚至倾家荡产服侍文天祥，为的或许也只是个人私谊，而非民族大义。但谁又敢说，他的行为不值得我们敬仰？

当文天祥发达时，接受过他的帮助的人应当不少，但到他落难时，反而是从未接受过他的帮助的张千载站了出来，用自己的方式表达对文天祥的敬意。这种小人物的生命亮度，是任何"民族大义"都减弱不了的。后人也没有忘记文天祥的这位义友，把这种朋友之间的情义称为"生死交情，千载一鹗"（张千载号一鹗）。

这就是小人物的生命亮度。

（摘自《读者》2017 年第 15 期）

# 最后的"别姬"

### 萨 苏

日本侵华战争爆发之后，梅兰芳不唱戏了，他回北平处理完家务准备南归，此时，杨小楼也不唱戏了，他要到乡下去。二人见了最后一面。

梅兰芳在他的自述里这样写过杨小楼："杨先生不仅是艺术大师，而且是爱国的志士。在卢沟桥炮声未响之前，北京、天津虽然尚未沦陷，可是冀东二十四县已经被日本人组织的汉奸政权占据，近在咫尺的通县就是伪冀东政府的所在地。1936年的春天，伪冀东长官殷汝耕在通县过生日，兴办盛大的堂会，到北京约角。当时我在上海，不在北京，最大的目标当然是杨小楼。当时约角的人以为北京到通县乘汽车不到一小时，再加上给加倍的包银，杨老板一定没有问题，谁知竟碰了钉子。约角的人疑心是嫌包银少，就向管事的提出要多大价银都可以，但终于没答应。1936年，我回北京，那一次，我们见面时曾谈到，我说：'您现在不上通县给汉奸唱戏还可以做到，将来北京也变了色怎么办？您不如趁早也往南挪一挪。'杨先生说：'很难说躲到哪儿去好，如果北京也怎么样的话，就不唱了。我这么大岁数，装病也能装个七年八年，还不就混到死了。'"

那时杨小楼身体已经不太好，世道无常，两个人大约都有了此后不能相见的戚然。

于是，两位大师用一种特别的方式做了最后的告别。

他们一起唱了一折戏，没有化装，只是清唱。

他们唱的这折戏，是《霸王别姬》，杨小楼唱霸王，梅兰芳唱虞姬。

没有人录下这段戏，所以我们不知道当时是怎样的情状，但是我们可以想象出来。

戏里的虞姬，后来是自刎了的。

国破了，家亡了，官员和将士们都跑了，只剩下了两个伶人，一出"别姬"。

那一天的风，一定很冷。

此一别之后，杨小楼果然不再演出了，1938年因病逝世，享年60岁。

是的，我们可以想象出来，那是怎样的绝唱。

我们可以想象出来，那又是怎样的辛酸。

京剧《梅兰芳》使用过这段史实，剧中杨小楼的一句台词给人印象极深："终不能演了一辈子的忠孝节义，末了要在日本人的手里讨饭吃。"

（摘自《读者》2010 年第 14 期）

# 我的轮椅

史铁生

坐轮椅竟已坐到了第三十三个年头，用过的轮椅也近两位数了，这实在让人没想到。1980 年秋天，"肾衰"初发，我问过柏大夫："敌人刑期尚余几何？"她说："阁下争取再活十年。"都是玩笑的口吻，但都明白这不是玩笑——问答就此打住，急忙转移了话题，便是证明。十年，如今已然大大超额了。

两腿初废时，我曾暗下决心：这辈子就在屋里看书，哪儿也不去了。可等到有一天，家人劝说着把我抬进院子，一见那青天朗照、杨柳和风，决心即刻动摇。又有同学和朋友们常来看我，带来大世界里的种种消息，心就越发活了，设想着在那久别的世界里摇着轮椅走一走，也算不得什么丑事。于是有了平生的第一辆轮椅，那是邻居朱二哥设计的。父亲捧了图纸，满城里跑着找人制作，用材是两个自行车轮、两个万向轮并数根废弃的铁窗框。母亲为它缝制了坐垫和靠背，后又求人在其两侧装上支架，撑起一面木板，书桌、饭桌乃至吧台就都齐备了。

我在一篇题为《看电影》的散文中，也说到过这辆轮椅："一夜大雪未停，事先已探知手摇车不准入场（电影院），母亲便推着那辆自制的轮椅送我去……雪花纷纷地还在飞舞，在昏黄的路灯下仿佛一群飞蛾。路上的雪冻成了一道道冰凌，母亲推得沉重，但母亲心里快乐……母亲知道我正打算写点什么，又知道我跟长影的一位导演有着通信，所以她觉得推我去看这电影是非常必要的，是件大事。怎样的大事呢？我们一起在那条快乐的雪路上跋涉时，谁也没有把握，唯朦胧地都怀着希望。"

那一辆自制的轮椅，寄托了二老多少心愿！

下一辆是丑小鸭杂志社送的，一辆正规并且做工精美的轮椅，全身的不锈钢，可折叠，可拆卸，两侧扶手下各有一金色的"福"字。这辆"福"字牌轮椅，开启了我走南闯北的历史。先是北京作协的一群哥们儿送我回了趟陕北，见了久别的"清平湾"。后又有洪峰接我去长春领了个奖；父亲年轻时在东北林区待了好些年，所以沿途的大地名听着都耳熟。马原总想把我弄到西藏去看看，我说：下了飞机就有火葬场吗？吓得他只好请我去了趟沈阳。王安忆和姚育明推着我逛淮海路，是在1988年，那时她们还不知道，所谓"给我妹妹挑件羊毛衫"其实是借口，那时我又一次摇进了爱情，并且至今没再摇出来。少功、建功还有何立伟等等一大群人，更是把我抬上了南海舰队的鱼雷快艇。仅于近海小试风浪，已然触到了大海的威猛——那波涛看似柔软，一旦颠簸其间，竟是石头般的坚硬。又跟着郑义兄走了一回五台山，在"佛母洞"前汽车失控，就要撞下山崖时被一块巨石挡住。大家都说"这车上必有福将"，我心说我呀，没见轮椅上那个"福"字？1996年迈平请我去斯德哥尔摩开会，飞机缓缓降落时，我心里油然地冒出句挺有学问的话：这世界上果真是有外国呀！转年立哲又带我走了差不多半个美国，那时双肾已然怠工，我一路挣扎着看：大沙漠、大峡谷、大瀑布、大赌城……立哲是学医的，笑嘻嘻地闻一闻我的尿说："不要紧，味儿挺大，还能排毒。"其实他心里全明白。他所以急着请我去，就是怕我一旦"透析"就去不成了。他的哲学一向是：命，干吗用的？单是为了活着？

如今我已年近花甲，手摇车是早就摇不动了，"透析"之后连一般的轮椅也用着吃力。上帝见我需要，就又把一种电动轮椅放到我眼前，临时寄存在王府井的医疗用品商店。妻子逛街时看见了，标价三万五。她找到代理商，砍价，不知跑了多少趟。两万九？两万七？两万六，不能再低啦小姐。好吧好吧。希米小姐偷着笑："你就是一分不降我也是要买的！"这东西有趣，狗见了转着圈地冲它喊，孩子见了总要问身边的大人：它怎么自己会走呢？这东西给了我真正的自由：居家可以乱窜，出门可以独自疯跑，跳舞也行，打球也行，给条坡道就能上山。舞我是从来不会跳。球呢，现在也打不好了，再说也没对手——会的嫌我烦，不会的我烦他。不过时隔三十几年我居然上了山——昆明湖畔的万寿山。

谁能想到我又上了山呢！

谁能相信，是我自己爬上了山的呢！

坐在山上，看山下的路，看那浩瀚并喧嚣着的城市，想起凡·高给提奥的信中有这样的话："实际上我们穿越大地，我们只是经历生活"，"我们从遥远的地方来，到遥远的地方去……我们是地球上的朝拜者和陌生人"。

坐在山上，看远处天边的风起云涌，心里有了一句诗：嗨，希米，希米/我怕我是走错了地方呢/谁想却碰见了你——若把凡·高的那些话加在后面，差不多就是一首完整的诗了。

坐在山上，眺望地坛的方向，想那园子里"有过我的车辙的地方也都有过母亲的脚印"，想那些"又是雾罩的清晨，又是骄阳高悬的白昼……"想那些"在老柏树旁停下，在草地上在颓墙边停下，又是处处虫鸣的午后，又是鸟儿归巢的傍晚……"想我曾经的那些想："我用纸笔在报刊上碰撞开的一条路，并不就是母亲盼望我找到的那条路……母亲盼望我找到的那条路到底是什么？"

有个回答突然跳来眼前：扶轮问路。但这不仅仅是说，有个叫史铁生的家伙，扶着轮椅，在这颗星球上询问过究竟。也不只是说，史铁生——这一处陌生的地方，如今我已经弄懂了多少。更是说，譬如"经轮常转"，那"轮"与"转"明明是指示着一条无限的路途——无限的悲怆与"有情"，无限的蛮荒与惊醒……以及靠着无限的思问与祷告，去应和那存在之轮的无限之转！尼采说"要爱命运"。爱命运才是至爱的境界。"爱命运"既是爱上帝——上帝创造了无限种命运，要是你碰上的这一种不可心，你就恨他吗？"爱命运"也是爱众生——假设那一种不可心的命运轮到别人身上，你就会松一口气怎的？而凡·高所说的"经历生活"，分明是在暗示：此一处陌生的地方，不过是心魂之旅中的一处景观、一次际遇，未来的路途一样还是无限之问。

（摘自《读者》2008 年第 11 期）

# 非走不可的弯路

张爱玲

在青春的路口，曾经有那么一条小路若隐若现，召唤着我。

母亲拦住我："那条路走不得。"

我不信。

"我就是从那条路走过来的，你还有什么不信？"

"既然你能从那条路走过来，我为什么不能？"

"我不想让你走弯路。"

"但是我喜欢，而且我不怕。"

母亲心疼地看我好久，然后叹口气："好吧，你这个倔强的孩子，那条路很难走，一路小心！"

上路后，我发现母亲没有骗我，那的确是条弯路，我碰壁，摔跟头，有时碰得头破血流，但我不停地走，终于走过来了。

　　坐下来喘息的时候，我看见一个朋友，自然很年轻，正站在我当年的路口，我忍不住喊："那条路走不得。"

　　她不信。

　　"我母亲就是从那条路走过来的，我也是。"

　　"既然你们都可以从那条路走过来，我为什么不能？"

　　"我不想让你走同样的弯路。"

　　"但是我喜欢。"

　　我看了看她，看了看自己，然后笑了："一路小心。"

　　我很感激她，她让我发现自己不再年轻，已经开始扮演"过来人"的角色，同时患有"过来人"常患的"拦路癖"。

　　在人生的路上，有一条路每个人非走不可，那就是年轻时候的弯路。不摔跟头，不碰壁，不碰个头破血流，怎能炼出钢筋铁骨，怎能长大呢？

（摘自《读者》2005 年第 3 期）

# 一个真正的英雄

鲍鹏山

　　林冲被诱骗，持刀误入白虎节堂，高俅想借开封府的刀砍林冲的头。这时，林冲的丈人张教头买上告下，使用财帛，要救林冲性命。林冲刺配沧州牢城，董超、薛霸押送林冲出开封府，林冲的丈人和众邻舍在府前接着，到州桥下酒店里坐定，翁婿之间此时有一段对话，明万历袁无涯刻本眉批曰："此一番往返语，情事凄然，使人酸涕。"金圣叹的眉批曰："一路翁婿往复，凄凄恻恻，《祭十二郎文》与《琵琶行》兼有之。"他们都看出了这段对话中伤情伤别的内容，却没有看出，这段翁婿对话不经意间写出了一个真正的英雄。

　　当林冲对丈人说要休妻之时，张教头——林冲的丈人说："林冲，甚么言语！你是天年不齐，遭了横事，又不是你作将出来的。今日权且去沧州躲灾避难，早晚天可怜见，放你回来时，依旧夫妻完聚。老汉家中也颇有些过活，明日便取了我女家去，并锦儿，不拣怎的，三年五载，养赡得她。又不叫她出入，高衙内便要见也不能够。休要忧心，都在老汉身上。你在沧州牢城，我自频频寄书并衣服与你。休得要胡思乱想。只顾放心去。"

张教头的这番话，说了三个意思，分别针对三个人：一、对林冲，是理解，并不责怪。这场大祸，乃是天年不齐，而非自作自受；去沧州后，休要胡思乱想，"我自频频寄书并衣服与你"，只顾放心去；早晚天可怜见，回来后，依旧夫妻团聚——这是丈人做得好。二、对女儿。女婿刺配沧州牢城，他就接女儿回家过活，并且连锦儿也接去，三年五载，养赡得她——这是父亲做得好。三、对高衙内。张教头为什么要接女儿回家过活？就是为了防止高衙内骚扰，接回去后，不叫女儿出入，让高衙内连面也见不着——这是做人有骨气。他明确告诉林冲："休要忧心，都在老汉身上。"什么东西"都在老汉身上"？两个：一、林冲老婆；二、高衙内——老婆我替你养着，危险我替你担着。

这个"老汉"，年岁一大把的人，垂暮之年，还能大包大揽，天塌下来了，他冲上去顶着。把他和正当壮年的林冲一比，还真把林冲比下去了。

不客气地讲，林冲自始至终都只担心自己：先是担心自己的名誉受损，后是担心自己的前程被毁，现在是担心自己的性命被害。而张教头纯朴，他从一般人情上考虑，以为林冲此时最担心的是两样：妻子在他离开之后的生活和高衙内的威逼。所以张教头一边保证接女儿回家养着，解决女儿的生活问题，一边又担当起保护女儿不受高衙内骚扰的重任。这恰是林冲此时急于卸下的重担。

我们来这样想想，假如张教头有一丝趋炎附势的念头，高衙内看中了他的女儿，林冲又自愿退出，他不正好可以将女儿嫁入高家，从此和顶头上司高太尉结成儿女亲家，要风得风，要雨得雨？

但是，他就是不屈服。他宁愿让女儿守寡，也绝不向高衙内屈服。

有此等父亲，才有此等女儿：林冲走后，林冲娘子誓死不从高衙内，自缢而死。这位垂暮老人，也随之而去。

林冲的丈人张教头，是一位隐藏在《水浒传》之中，数百年来无人识破的大英雄。

（摘自《读者》2018 年第 23 期）

# 两千年的闪击

王开岭

去西安的路上，突然想起了他。

两千年前那位著名的死士。

潆潆雪雨，秦世恍兮。

眺望函谷关外那漫漶恣肆的黄川土壑，我竭力去模拟他当时该有的心情，结果除了彻骨的凉意和内心丝丝的痛，什么也说不出……

他是死士。他的生命就是去死。

活着的人根本不配与之攀交。

咸阳宫的大殿，是你的刑场。而你成名的地方，则远在易水河畔。

我最深爱的，是你上路时的情景。

那一天，荆轲——这个青铜般辉煌的名字，作为一枚一去不返的箭镞镇定地迈上弓弦。白幡猎猎，万马齐喑，谁都清楚这意味着什么。寒风中那屏息待发的剑匣已紧固到结冰的程度，还有那淡淡的血腥味儿……连易水河畔的盲人都预感到了什么。

你信心十足，可这是对死亡的信心。更是对人格、对诺言和友谊的信心。无人敢怀疑，连太子丹——这个只重胜负的家伙也不敢怀疑毫厘。你只是希望早一点离去……

再没有什么值得犹豫和留恋吗？比如青春，比如江湖，比如故乡、桃花和爱情……

你摇摇头。你认准了那个比生命更重的东西。一生只能干一件事。

士为知己者死。死士的含义就是死，这远比做一名剑客更重要。再干一杯吧！为了永生永世——值得为"她"活一次的誓言，为了那群随你前仆后继无怨无悔的真正死士——樊於期、田光先生、高渐离……

太子丹不配"知己"的称号。他是政客，早晚死在谁的手里都一样。这样怕死的人。一个怕死也濒死的人。

濒死的人却不一定怕死。"好吧，就让我——做给你看！"你透着威仪的嘴唇浮出一丝苍白的冷笑。

这不易察觉的绝世凄笑突然幻化出惊心动魄的美，比任何一位女子的都要美——它足以赢得世间任何一种爱情，包括男人的在内。

"风萧萧兮易水寒，壮士一去兮不复还。"

高渐离的唱和是你一生最大的安慰，也是你最当之无愧的荣誉。他的绝唱其实只奏给你一人听。琴弦里埋藏着你们的秘密，只有死士间才会言说的秘密。

遗嘱和友谊，这一刻他全部给了你。如果你失败，他将是第二个用才华去死的人。

你凄冷地一笑，谢谢你，好兄弟！记住我们的约定！我在九泉之下，迎候你。

是时候了。是誓言启动的时候了。你握紧剑柄，手掌结满霜花。夕阳西下，缟绫飞卷，你修长的身影像一脉苇叶在风中远去……

朝那个预先埋伏好的结局逼近。

黄土、皑雪、白草……

从易水到咸阳宫，每一寸都写满了乡愁和忧郁。那种无人能代的横空出世的孤独，那种"我不去，谁去？"的剑客的自豪——

是的，没有谁能比你的剑更快！你是一条比蛇还疾的闪电！闪电正一步步逼近黑夜，逼近黑暗中硕大的首级。

那是一个怎样漆黑的时刻，漆黑中的你后来什么也看不见了……

一声轰响，石破天惊的一声轰响。接着便是身躯重重摔地的沉闷。

死士。他的荣誉就是死。没有不死的死士。

除了死亡，还有世人的感动和钦佩。

那长剑已变成一柄人格的尺子，你的血只会使青铜再添一分英雄的光辉。

一个凭失败而成功的人，你是第一个。

一个以承诺换生命的人，你是第一个。

你让"荆轲"这两个普通的汉字，成为一个万世流芳的美学碑铭！

那天，西安城飘起了雪，站在荒无一人的城梁之上，我寂寞地走了几公里。

我寂寞地想，两千年前的那一天，是否也像这样飘着雪？那个叫荆轲的青年是否也从这个方向进了城？

这念头是否显得可笑？

我想起一位诗人的话："我将穿越，但永远不能抵达！"

荆轲终于没能抵达。

而我，和你们一样——

也永远到不了咸阳。

（摘自《读者》2008 年第 22 期）

# 中国精神的关键时刻

李敬泽

据《左传·哀公六年》记载，吴国大举伐陈，楚国誓死救之；陈乃小国，长江上的二位老大决定在小陈身上比比谁的拳头更硬。

风云紧急，战争浩大沉重，它把一切都贬为无关紧要可予删去的细节：征夫血、女人泪、老人和孩子无助的眼，还有，一群快要饿死的书生。

孔子正好赶上了这场混战，困于陈蔡之间，绝粮七日，吃的是野菜，弟子宰予已经饿晕了过去；该宰予就是因为大白天睡觉被孔子骂为"朽木粪土"的那位。现在我认为孔夫子骂人很可能是借题发挥：想当年，这厮两眼一翻就晕过去了，他的体质是差了些，可身子更弱的颜回还在院里择野菜呢，而年纪最大的老夫子正在屋里鼓瑟而歌，歌声依然嘹亮。谁都看得出，这不是身体问题，这是精神问题。

在这关键时刻，经不住考验的不只宰予一个。子路和子贡就开始动摇，开始发表不靠谱的言论："夫子逐于鲁，削迹于卫，伐树于宋，穷于商周，围于陈蔡。""杀夫子者无罪，藉夫子者不禁，夫子弦歌鼓舞，未尝绝音，盖君子之无所丑也若此乎？"

这话的意思就是，老先生既无权又无钱，不出名不走红，四处碰壁，由失败走向失败，混到这地步，不自杀不得抑郁症倒也罢了，居然饱吹饿唱兴致勃勃，难道所谓君子就是如此不知羞耻乎？

话说到这份儿上，可见该二子的信念已经摇摇欲坠，而且这话是当着颜回说的，这差不多也就等于指着孔子的鼻子叫板。果然，颜回择了一根儿菜，又择了一根儿菜，放下第三根儿菜，摇摇晃晃进了屋。

琴声戛然而止，老先生推琴大骂：子路子贡这俩小子，"小人也！召，吾与语。"

俩小子不用召，早在门口等着了，进了门气焰当然减了若干，但子贡还是嘟嘟囔囔："如此可谓穷矣"——混到这地步可谓山穷水尽了。

孔子凛然说道："是何言也？君子达于道之谓达，穷于道之谓穷。今丘也，抱仁义之道，以遭乱世之患，其所也，何穷之谓？故内省而不改于道，临难而不失其德。大寒既至，霜雪既降，吾是以知松柏之茂也。"

黄钟大吕，不得不原文照抄，看不懂没关系，反正真懂这段话的中国人两千五百年来也没多少。子路原是武士，子贡原是商人，他们对生命的理解和此时的我们相差不远：如果真理不能兑现为现世的成功，那么真理就一钱不值。而孔子，他决然、庄严地说，真理就是真理，生命的意义就在于对真理之道的认识和践行。

此前从没有中国人这么说过，公元前489年那片阴霾的荒野上，孔子这么说了，说罢"烈然返瑟而弦"，随着响遏行云的乐音，子路"抗然执干而舞"，子贡呆若木鸡，喃喃曰："吾不知天之高也，不知地之下也！"

　　我认为，这是中国精神的关键时刻，是我们文明的关键时刻。如同苏格拉底和耶稣的临难，孔子在穷厄的考验下使他的文明实现精神的升华。从此，我们就知道，人还有失败、穷困和软弱所不能侵蚀的精神尊严。

　　当然，如今喝了洋墨水的学者会论证，我们之落后全是因为孔子当初没像苏格拉底和耶稣那样被人整死。但依我看，该说的老先生已经说得透彻，而圣人的教导我们至今并未领会。我们都是子贡，不知天之高地之厚，而且坚信混得好比天高地厚更重要。但有一点总算证明了真理正在时间中暗自运行，那就是，我们早忘了两千五百年前那场鸡飞狗跳的战争，但我们将永远记得，在那场战争中一个偏僻的角落里，孔门师徒的乐音、歌声、舞影和低语。

　　——永不消散。

（摘自《读者》2005 年第 17 期）

# 一笑而过

马国福

面对失败和挫折，一笑而过是一种乐观自信，然后重整旗鼓，这是一种勇气。

面对误解和仇恨，一笑而过是一种坦然宽容，然后保持本色，这是一种达观。

面对赞扬和鼓励，一笑而过是一种谦虚清醒，然后不断进取，这是一种力量。

面对烦恼和忧愁，一笑而过是一种平和释然，然后努力化解，这是一种境界。

失败和挫折是暂时的，只要你勇于微笑；误解和仇恨是暂时的，只要你达观待之；赞扬和激励是暂时的，只要你不耽于梦想；烦恼和忧愁只是暂时的，只要你不被它左右。大海茫茫，百舸争流，不拒众流方为沧海；

芸芸众生，人生无常，不被艰难困苦吓倒，方显英雄本色。风雨欲来，春花凋落，凭栏眺望，阳光总在风雨后。潮涨潮落，云卷云舒，闲庭信步，高挂前进的风帆，到中流击水，浪遏飞舟，前方就是成功的彼岸。

别再留恋破碎的旧梦，别再沉迷于往日的幸福光环，别再计较人生的得失，别再担忧明天的天气。既然选择了前方就只管风雨兼程，微笑着送走不愉快的阴云，不要让它们遮住你的眼睛。不要因为今天的痛苦就否定明天的幸福，不要因为微小的成功而迷失了方向，不要因为眼前的风雨而否定明天的阳光，因为乌云是遮不住太阳的，是的，遮不住的！也不要因为错过了星星而哭泣，否则我们会错过月亮。

既然这一切都是暂时的，我们为什么不一笑而过，从头再来呢？

生活中罩在我们头上的光环和不如意的事情就像颜色不一的气泡，不论多么好看或难看，总有一天它会破灭。与其盯着不开心的东西，不如活动自己的手脚，舒展自己的笑脸，实实在在地为着理想而追求。这时候，光环会变虚，我们的心灵却会因为不懈的追求和微笑慢慢地充实起来，人生就会像一条缓缓流动的河流，充实而自信；微笑就会像一朵朵翻腾的浪花，带给我们进取的快乐。

我们不能否认鲜花和荆棘相伴，也不能否认阳光与风雨同在，更不能否认成功与失败并存！人生不如意之时常一二，明媚之日常八九。那就一笑而过轻松上路吧，能够使自己忧伤也能够使自己快乐，这就是一笑而过的力量。

（摘自《读者》2004 年第 12 期）

# 风中跌倒不为风

林清玄

路过乡间一座三合院，看见一个孩子正在放声痛哭，妈妈心疼地在旁边安慰。

妈妈一手慈爱地搂着孩子，一手用力地拍打地板，对孩子说："哎呀！拢是这个土脚不平，害阮宝贝仔辉仆倒，妈妈替你拍土脚，哎呀！"

妈妈拍地的动作非常滑稽夸张，使那哭闹不停的孩子也忍不住破涕为笑了。

我站在一旁看着这一幕，心里感到十分温馨，想到从前我的妈妈也曾如此安慰过我。

不只是我的妈妈，从前乡间的父母几乎都是这样安慰孩子。

跑的时候被树枝绊倒了，就把树枝折断，说是："坏树枝！怎么可以绊倒我的好孩子。"

走路不小心跌倒了，就打骂土地，就是："歹土地，怎么可以害我的乖孩子跌倒。"

甚至完全没有原因跌倒，找不到什么东西可以责备，就骂风，说："都是风吹得太凶，才让我的心肝仔跌倒。"

我们小的时候都会信以为真，以为跌倒是因为风、土地或树枝的缘故，我们也会像父母亲一样，找借口来安慰自己，很少想到是自己走路不小心。

记得有一次，我在门口庭前跑步，不小心摔了一跤，头破血流。妈妈从灶间跑出来，左看右看，找不到可以打骂的东西，因为庭前的土地非常平，既没有树枝，也没有小石子。

妈妈怔了好长一段时间，我已经站起来了，她还怔在那里，手里拿着一支锅铲，样子有点滑稽。

妈妈看我望着她，以为我要放声哭出来，突然大声地骂天："都是这么恶的风，吹得阮阿玄仔仆倒！"

我抚着自己头上的伤口，对妈妈说："妈，不是因为风，是我自己不小心仆倒的。"

那时，庭前确实只有灿烂的阳光，一丝风也无。

妈妈这时笑得像阳光一样灿烂，过来检视我的伤口，欣慰地说："你大汉了！"

妈妈的意思是我长大了，可以承担自己的错误与失败。

当我们发现，无论任何形式的跌倒，都是由于自己的不小心，而不是去找借口，这时我们就长大了。

我们在情感与姻缘上跌倒的时候，也像孩子时一样，即使土地不平、荆棘横路、风狂雨暴，都不应该是我们跌倒的借口。最应该检视的是我们的心，去承担错误与失败。

孩子的跌倒顶多是皮肉受伤，姻缘的挫败也顶多是锥心刺骨，并不会伤到情感的本质。因此，一个人不应该在爱中受伤，就失去爱的勇气，一个人也不应该因为爱的痛苦，就失去承担的心。

要寻找到生命最内在的本质，是不能有任何借口的。当我们还有借口，本质就不会显露出来。

我对自己过去情感的受伤，姻缘的挫败也没有任何借口，这都是我生命的必然之路。我也愿坦然承担任何的批评，并把这些批评当成石阶，走向更高的位置来回看自己的人生。

在风中跌倒，在爱中流泪，这都是人生不可避免的旅程。如果我们在每一段旅程，都能学习到更广大的胸怀，都能不失去真爱的勇气、美好的追求，一切挫折不也都有深刻的意义吗？

我站着看那拍打土地安慰孩子的母亲图像，一面忆起往事，一面想到我们的人生可能永无平静之日，但我们要使心安宁，只在当下的转念之间。

（摘自《读者》2001 年第 21 期）

# 成大器的气象

唐宝民

公元 244 年（蜀后主延熙七年）春闰月，蜀汉中央政府接到汉中守军急报，说魏大将军曹爽、夏侯玄等率大军围困汉中，情况非常紧急。后主刘禅接报后，立即考虑派人前往救援。但派谁去呢？想来想去，他想到大将军费祎。费祎是当时蜀国的最高统帅，但费祎是个非常优秀的文臣，与诸葛亮、蒋琬、董允并称"蜀汉四相"，在文治方面政绩卓越，但能不能领兵打仗，还不好说。之所以让他当了最高统帅，也是由于"蜀中无大将"。现在让他带兵去救援汉中，一旦失败，损兵折将不说，汉中也将失去。因此，刘禅有些犹豫，不知道自己是否该派费祎出征。犹豫归犹豫，最后他还是决定派费祎前往救援，并将统率各军的命令下达给费祎。费祎接到命令后，立即召集各部人马，准备动身前往汉中，救援被困在那里的军队。

　　刘禅优柔寡断，是个没什么主意的主儿，命令下达才半天，他就开始怀疑自己的决定是否正确，又开始思考是否应该把费祎换下来，让别的将领前往汉中救援……但是，如果别的将领不如费祎呢？刘禅考虑再三，终于想出一个主意：他叫来光禄大夫来敏，吩咐他立即去找费祎，和费祎下一盘棋。来敏不明白刘禅是何用意，大军即将开拔，找统帅下什么棋啊。刘禅便把自己的想法告诉来敏，来敏闻听，立即来到费祎府中，对费祎说："将军就要带兵到前线去了，我想跟您下一盘棋……"费祎听来敏这样说，也没多问，便命人拿来棋，二人开始对弈。来敏不慌不忙地与费祎对弈，费祎心平气和，完全不像是要带兵到前线打仗的样子。两个人从从容容地下完一盘棋，费祎笑着说："再下一盘如何？"来敏说："不用了，不用了！将军赶快出征吧！"来敏回到刘禅那里，把经过对刘禅讲了一遍，说："主公放心吧，费祎这个人非常有定力，临乱不惊，处之泰然，一定能大破魏军！"刘禅这才放下心来，遂不再考虑换将之事。费祎按原定计划领兵出发，果然击退曹魏人马，解了汉中之围。

　　成大事者，心中需有大格局。遇事能临危不慌、沉着应对，是一种难得的气质，是一种能成大器的气象。唐宋八大家之一的苏洵在《心术》一文中所说的"泰山崩于前而色不变，麋鹿兴于左而目不瞬"，正是这种气质的具体表现。

（摘自《读者》2019 年第 6 期）

# 读韩愈

梁　衡

　　韩愈为唐宋八大家之首，其文章写得好是真的。所以，我读韩愈其人是从读韩愈其文开始的，因为中学课本上就有他的《师说》《进学解》。课外阅读，各种选本上韩文也随处可见。他的许多警句，如："师者，所以传道、授业、解惑也"，"业精于勤荒于嬉，行成于思毁于随"等，跨越了一千多年，仍在指导我们的行为。

　　但由文而读其人却是因一件事引起的。去年，到潮州出差，潮州有韩公祠，祠依山临水而建，气势雄伟。祠后有山曰韩山，祠前有水名韩江。当地人说此皆因韩愈而名。我大惑不解，韩愈一介书生，怎么会在这天涯海角霸得一块山水，享千秋之祀呢？

　　原来有这样一段故事。唐代有个宪宗皇帝十分迷信佛教，在他的倡导下国内佛事大盛。公元 819 年，又搞了一次大规模的迎佛骨活动，就是将据称是佛祖的一块朽骨迎到长安，修路盖庙，人山人海，官商民等舍物捐款，劳民伤财，一场闹剧。韩愈对这件事有看法，他当过监察御史，有随时向上面提出诚实意见的习惯。这种官职的第一素质就是不怕得罪人，因提意见获死罪都在所不辞。所谓"文死谏，武死战"。韩愈在上书前思想好一番斗争，最后还是大义战胜了私心，终于实现了勇敢的"一递"，谁知奏折一递，就惹来了大祸；而大祸又引来了一连串的故事，成就了他的身后名。

韩愈是个文章家，写奏折自然比一般为官者也要讲究些，于理、于情都特别动人，文字铿锵有力。他说那所谓佛骨不过是一块脏兮兮的枯骨，皇帝您"今无故取朽秽之物，亲临观之"，"群臣不言其非，御史不举其失，臣实耻之。乞以此骨付之有司，投诸水火，永绝根本……岂不盛哉，岂不快哉！"这佛如果真的有灵，有什么祸殃，就让他来找我吧。（"佛如有灵，能作祸祟，凡有殃咎，宜加臣身。"）这真有一股不怕鬼、不信邪的凛然大气和献身精神。但是，这正应了我们现时说的，立场不同，感情不同这句话。韩愈越是肝脑涂地陈利害表忠心，宪宗就越觉得他是在抗龙颜，揭龙鳞，大逆不道。于是，大喝一声把他赶出京城，贬到八千里外的海边潮州去当地方小官。

韩愈这一贬，是他人生的一大挫折。因为这不同于一般的逆境，一般的不顺，比之李白的怀才不遇，柳永的屡试不第要严重得多，他们不过是登山无路，韩愈是已登山顶，又一下子被推到无底深渊。其心情之坏可想而知。他被押送出京不久，家眷也被赶出长安，年仅十二岁的小女儿也惨死在驿道旁。韩愈自己也觉得实在活得没有什么意思了。他在过蓝关时写了那首著名的诗。我向来觉得韩愈文好，诗却一般，只有这首，胸中块垒，笔底波涛，确是不一样：

一封朝奏九重天，夕贬潮州路八千。

欲为圣明除弊事，肯将衰朽惜残年。

云横秦岭家何在？雪拥蓝关马不前。

知汝远来应有意，好收吾骨瘴江边。

（《左迁至蓝关示侄孙湘》）

这是给前来看他的侄儿写的，其心境之冷可见一斑。但是，当他到了潮州后，发现当地的情况比他的心境还要坏。就气候水土而言这里还算富庶，但由于地处偏僻，文化落后，弊政陋习极多极重。农耕方式原始，乡村学校不兴。当时在北方早已告别了奴隶制，唐律明确规定了不准没良为奴，这里却还在买卖人口，有钱人养奴成风。"岭南以口为货，其荒阻处，父子相缚为奴。"其习俗又多崇鬼神，有病不求药，杀鸡杀狗，求神显灵。人们长年在浑浑噩噩中生活。见此情景韩愈大吃一惊，比之于北方的先进文明，这里简直就是茹毛饮血。同为大唐圣土，同为大唐子民，何忍遗此一隅，视而不救呢？用我们现在的话说，就是同在一片蓝天下，人人都该享有爱。按照当时的规矩，贬臣如罪人服刑，老老实实磨时间，等机会便是，决不会主动参政。但韩愈还是忍不住，他觉得自己的知识、能力还能为地方百姓做点事，觉得比之百姓之苦，自己的这点冤、这点苦反倒算不了什么。于是他到任之后，就如新官上任一般，连续干了四件事。一是驱除鳄鱼。当时鳄鱼为害甚烈，当地人又迷信，只知投牲畜以祭，韩愈"选材技吏民，操强弓毒矢"，大除其害。二是兴修水利，推广北方先进耕作技术。三是赎放奴婢。他下令奴婢可以工钱抵债，钱债相抵就给人自由，不抵者可用钱赎，以后不得蓄奴。四是兴办教育，请先生，建学校，甚至还"以正音为潮人诲"，用今天的话说就是推广普通话。不可想象，从他贬潮州到再离潮而贬袁州，八个月就干了这四件事。我们且不说这事的大小，只说他那片诚心。我在祠内仔细看着题刻碑文和有关资料。韩愈的确是个文人，干什么都要用文章来表现，也正是这一点为我们留下了如日记一样珍贵的史料。比如，除鳄之前，他先写了一篇《祭鳄鱼文》，这简直就是一篇讨鳄檄文。他说我受天子之命来守此土，而鳄鱼悍然在这里争食民畜，"与刺史亢拒，争为长雄。刺史虽弩弱，亦安肯为鳄鱼低首下心"。他限鳄鱼三日内远徙于海，三日不行五日，五日不行七日，再不行就是傲天子之命吏，"必尽杀乃止"！阴雨连绵不断，他连写祭文，祭于湖，祭于城隍，祭于石，请求天晴。他说天啊，老这么下雨，稻不得熟，蚕不得成，百姓吃什么，穿什么呢？要是我为官的不好，就降我以罪吧，百姓是无辜的，请降福给他们。（"刺史不仁，可以坐罪；惟彼无辜，惠以福也。"）一片拳拳之心。韩愈在潮州任上共有十三篇文章，除三篇短信，两篇上表外，余皆是驱鳄祭天，请设乡校，为民请命祈福之作。文如其人，文如其心。当其获罪海隅，家破人亡之时，尚能心系百姓，真是难能可贵了。

　　一个人为文不说空话，为官不说假话，为政务求实绩，这在封建时代难能可贵。应该说韩愈是言行一致的。他在政治上高举儒家旗帜，是个封建传统思想道德的维护者。传统这个东西有两面性，当它面对革命新潮时，表现出一副可憎的顽固面孔。而当它面对逆流邪说时，又表现出撼山易撼传统难的威严。韩愈也是这样，他一方面反对宰相王叔文的改革，一方面又对当时最尖锐的两个社会问题，即藩镇割据和佛道泛滥，深恶痛绝，坚决抨击。他亲自参加平定叛乱。到晚年时还以衰朽之身一人一马到叛军营中去劝敌投诚，其英雄气概不亚于关云长单刀赴会。他出身小户，考进士三次落第，第四次才中进士，在考官时又三次碰壁，乌纱帽得来不易，按说他该惜官如命，但是他两次犯上直言，被贬后又继续尽其所能为民办事。这是中国知识分子的传统，以国为任，以民为本，不违心，不费时，不浪费生命。他又倡导古文运动，领导了一场文章革命，他要求"文以载道""陈言务去"，开一代文章先河，砍掉了骈文这个重形式求华丽的节外之枝，而直承秦汉。所以苏东坡说他："文起八代之衰，道济天下之溺。"他既立业又立言，全面实践了儒家道德。

当我手倚韩祠石栏，远眺滚滚韩江时，我就想，宪宗佞佛，满朝文武，就是韩愈敢出来说话，如果有人在韩愈之前上书直谏呢？如果在韩愈被贬时又有人出来为之抗争呢？历史会怎样改写？还有在韩愈到来之前潮州买卖人口、教育荒废等四个问题早已存在，地方官吏走马灯似的换了一任又一任，其任职超过八个月的也大有人在，为什么没有谁去解决呢？如果有人在韩愈之前解决了这些问题，历史又将怎样写？但是没有，什么都没有。长安大殿上的雕梁玉砌在如钩晓月下静静地等待，秦岭驿道上的风雪，南海丛林中的雾瘴在悄悄地徘徊。历史终于等来了一个衰朽的书生，他长须弓背双手托着一封奏折，一步一颤地走上大殿，然后又单人瘦马，形影相吊地走向海角天涯。

人生的逆境大约可分四种。一曰生活之苦，饥寒交迫；二曰心境之苦，怀才不遇；三曰事业受阻，功败垂成；四曰存亡之危，身处绝境。处逆境之心也分四种。一是心灰意冷，逆来顺受；二是怨天尤人，牢骚满腹；三是见心明志，直言疾呼；四是泰然处之，尽力有为。韩愈是处在第二、第三种逆境，而选择了后两种心态，既见心明志，著文倡道，又脚踏实地，尽力去为。只这一点他比屈原、李白就要多一层高明，没有只停留在蜀道叹难，江畔沉吟上。他不辞海隅之小，不求其功之显，只是奉献于民，求成于心。有人研究，韩愈之前，潮州只有进士三名，韩愈之后，到南宋时，登第进士就达一百七十二名。是他大开教育之功。所以韩祠中有诗曰："文章随代起，烟瘴几时开。不有韩夫子，人心尚草莱！"这倒使我想到现代的一件实事。一九五七年反右扩大化中，京城不少知识分子被错划为右派，并发配到基层。当时王震同志主持新疆开发，就主动收容了一批。想不到这倒促成了春风渡玉门，戈壁绽绿荫。那年我在石河子采访，亲身感受到充边文人的功劳。一个人不管你有多大的委屈，历史绝不会陪你哭泣，而它只认你的贡献。悲壮二字，无壮便无以言悲。这宏伟的韩公祠，还有这韩山韩水，不是纪念韩愈的冤屈，而是纪念他的功绩。

　　李渊父子虽然得了天下，大唐河山也没有听说哪山哪河易姓为李，倒是韩愈一个罪臣，在海边一块蛮夷之地视政八月，这里就忽然山河易姓了。历朝历代有多少人希望不朽，或刻碑勒石，或建庙建祠，但哪一块碑哪一座庙能大过高山，永如江河呢？这是人民对办了好事的人永久的纪念。一个人是微不足道的，但是当他与百姓利益，与社会进步连在一起时就价值无穷，就被社会所承认。我遍读祠内凭吊之作，诗、词、文、联，上迄唐宋下至当今，刻于匾，勒于石，大约不下百十来件。一千多年了，各种人物在这里将韩公不知读了多少遍。我心中也渐渐泛起这样的四句诗：一封朝奏九重天，夕贬潮州路八千。八月为民兴四利，一片江山尽姓韩。

1997 年 5 月有所思于潮州，1998 年 7 月写于北京

（摘自《读者》2000 年第 1 期）

# 恐惧的意义

毕飞宇

有一次我与一个盲人聊天，他说，他们有个共同的特点——胆小，他为此感到羞愧。但我祝福了他。他很奇怪，胆子小有什么值得祝福的。我说，胆怯的意义重大，它是具有生命意义的一个心理特征。

我儿子七八岁的时候胆子就很小，每当他感到恐惧的时候，我就会把他拉到一边，说："孩子，恭喜你，你真了不起，你成长了，你有恐惧感了。"儿子最初非常吃惊，他问我，为什么所有的老师都鼓励他勇敢，而我却为他的胆怯感到自豪。

我说，恐惧太重要了。如果你在大白天爬山，你也许能健步如飞，可是，如果是在夜里，当你对外部世界失去判断的时候，你的胆量自然就小了。这是必须的，这就迫使你每走一步都要小心翼翼。如果你在黑夜里爬山也像白天那样健步如飞，你一定会掉下去。这说明什么？说明老天爷对我们是爱护的，他给了我们一个无比重要的礼物，那就是胆怯。胆怯是上天对生命的提示，它让你保护自己，让你自珍自爱。

人是要往前走的，在往前走的时候，勇气当然很重要，但是，我们首先要弄清楚一个问题——你的勇敢是不是盲目的？生命从不孤立，它和周围有千丝万缕的联系。在这些联系里，有些有益于生命，有些却有害于生命，这就需要我们有理性，能判断。当我们理性地处理了困难，再鼓足自己的勇气，我说，这叫勇敢。相反，你毫无理性，只是草率行事，只是盲目，我要问，这样的勇敢有什么意义？

恐惧的意义就在这里。它让你停下来，先分析一下外部的局面，找到障碍在哪里，再寻找克服障碍的方案，然后再去行动，这才是有价值的。

你们也许要说，盲人看不见，所以胆怯是可以理解的，我们是健全人，我们什么都看得见，我们为什么还要有恐惧感？我想反问一句，你真的不是盲人吗？你能看见你的后脑勺吗？你看不见。这就叫局限。

这个世界上有许多声音，我们听不见，狗却能听见；这个世界上有许多气味，我们闻不到，猫却能闻到；这个世界上还有许多特殊的颜色，我们看不见，鸟却能看得见。简单地说，科学已经告诉我们，这个世界上的许多信息我们人类根本捕捉不到。还有一点更重要，许多精神我们是领悟不到的，许多理念我们是领悟不到的，许多思想我们也是领悟不到的。我们不要以为自己什么都知道了，什么都领悟到了，然后，无比勇敢，无比莽撞，一哄而起，一哄而散，这就比较要命。我们应该对这个世界再谦卑一点，不要那么自信，不要以为我们真理在握。我们每一个人都是有盲区的，这是我写完《推拿》之后最大的感受。

写完《推拿》，我在精神上是有成长的。一本书实在不算什么，我最大的欣慰是，我心平气和地承认了一件事：我就是个残疾人。在这个世界上，有许多我看不见、听不见、闻不到的东西，还有许多我这一辈子都无法领悟的东西。夏虫不可以语冰，我就是那只夏虫。当然，遗憾也有，作为一个"残疾人"，我尚未建立起与残疾人相匹配的心理：我的恐惧感依然不够。

既然每个生命都是有局限的，那么，心平气和地告诉自己吧，离地三尺有神灵。

（摘自《读者》2017 年第 17 期）

# 泰坦尼克号上的 6 名中国幸存者

冯 璐

方荣山掉进冷冰的海里，冷到发抖，四周漆黑一片，哭喊呼救的声音不绝于耳。他抓住一块漂浮的门板，奋力爬了上去。他从不认命，也不认怂，凭着这股求生的蛮劲，硬撑到救生艇到来，成为泰坦尼克号上最后一个获救的人。

这是 20 世纪最严重的一次海难，1517 人为它陪葬。1997 年，英国导演詹姆斯·卡梅隆以此为蓝本，拍出著名影片《泰坦尼克号》。所有人都羡慕影片中露丝和杰克的世纪爱情，但几乎无人知道，导演卡梅隆的灵感其实来自船上这名获救的中国人——方荣山。

和方荣山一起幸存下来的中国同伴还有 5 人。他们是泰坦尼克号上所有乘客中最为特殊的——最不受欢迎，并且被美国驱逐出境。即便遭遇如此大的灾难，死亡近在咫尺，他们还被当时的西方媒体污蔑为：因贪生怕死挤上妇女儿童的救生艇的中国人。而英美男子让妇孺优先上艇，尽显高贵刚毅之气。

对此，6名幸存下来的中国人未有机会辩驳——100多年前的中国积贫积弱、缺乏自信，处于某种"种族主义自虐"的状态，海外移民总被排斥和污名化，无法为自己争取话语权。

多年以后，方荣山和罗威都已不在人世，各自的后代却因为一部纪录片的拍摄见了面，如同一场海上的世纪重逢："我们很荣幸找到了彼此。"

2021年4月16日，这部由卡梅隆监制的纪录片《六人——泰坦尼克号上的中国幸存者》在中国大陆上映。电影揭示了100多年前泰坦尼克号上6名中国幸存者的真实遭遇，以及此后他们在历史洪流中浮云般变幻的命运。

拍摄过程中，纪录片的调查人员发现了方荣山写的诗歌："天高海阔浪波波，一根棍子救生我。兄弟一起有几个，抹干眼泪笑呵呵。"

### 露丝的获救方式来自一个中国人

1912年4月10日上午，英国南安普顿港人头攒动。方荣山手握编号1601、价值56英镑9先令11便士的三等舱船票，与另外7名同伴一起走上舷梯。他穿黑色中式长衫，戴一顶圆帽，还蓄着长辫，行李箱里却装着正式的西装和领带，因为他下一步的人生计划，是去美国俄亥俄州做生意，以便尽快摆脱自己的劳工身份——当时美国的排华法案只针对劳工，不包含学者和商人。

十几岁时，方荣山就逃离当时"土客械斗"泛滥的故乡——广东台山，远渡重洋去了海外。方荣山只是一名水手，在没有身份的地方辗转、拼搏，遭遇冷眼、嘲笑与误解，连登上泰坦尼克号也得使用化名"Fang Lang"，并挤在下层甲板三等舱里。但那种闯荡新世界的激情和光环，还是吸引了中国一名妙龄女子漂洋过海嫁给他。

到了第四天深夜，方荣山和同伴们突然感到船的颤动——巨轮撞上了冰川。就在这个深夜，北大西洋冰冷的海水埋葬了杰克和露丝的爱情，连同整个泰坦尼克号一起。

不过，包括方荣山在内的6名中国人活了下来。其中，方荣山没能登上救生艇，而是在大船沉没过程中掉进海里。他用一具浮尸身上的皮带，将自己绑在一块门板上，就这样凭着顽强的意志力，挺到折返的救生艇赶到，成为最后一个被救起的人。而这个过程，正是《泰坦尼克号》剧本创作中，杰克把露丝托上门板使其获救的重要灵感来源。

据当时救援方荣山的指挥官哈罗德·罗威回忆，当刚获救的方荣山发现身边一个船员因劳累过度快要晕倒时，迅速接过船桨用力划起船来，"像英雄一般"。

另两名和方荣山一起掉进大海的中国人不幸遇难，其他5人则凭借自己的航海经验，"反其道而行"，在震耳欲聋的哭喊呼救声中，沿船右舷往船头方向跑。中国乘客Choong Foo率先逃到13号救生艇。其他4名中国人赶到右舷，在妇女儿童未坐满的情况下，搭上倡导"妇女儿童优先"的头等舱专属救生艇。

值得一提的是，泰坦尼克号一共准备了20艘救生艇，可以容纳1000多人，但最后活下来的只有700多人。几乎所有幸存者都被送至纽约港口，接受治疗。唯独6名中国幸存者被视为不受欢迎的人，只能滞留港口，如同被世界遗弃的孤儿。他们连岸都没上，就被驱逐到一艘驶往古巴的船上接着做苦力。

尽管大难不死，他们的逃生经历却被《纽约时报》等西方媒体刻意污名化：这几名中国人装扮成女人偷偷混上救生艇，窃取妇女儿童的生还机会。这些诋毁甚至延伸到"中国人有贪生怕死、不守秩序的种族劣根性"的层面。一时间，这几个忍受一切的"沉默的黄面孔"被口水淹没。不懂英文的他们根本不知道这些谣言，更无从辩解，只是像往常一样继续在异国挥汗如雨。

## 来路和前路更加崎岖

船难发生时，这些中国幸存者最小的 24 岁，最大的 37 岁。他们在劫后余生的退让和谦恭中毫无声息地流落到世界各地。

这 6 名中国幸存者遭遇了美加排华法案、英国秘密遣返中国船工等种种惨烈的历史事件。"一战"后，很多英国商船上缺水手，很多中国水手便应征上船，每天工作十四五个小时，付出青春和汗水，拿的薪水却只有白人船员的 1/5。"一战"结束后，英国把他们视为不安定因素，拒绝这些人入境。

和当年为美国修建大铁路的华工遭遇一样，被长期利用的中国廉价劳动力在失去利用价值后被迅速抹去，再次被秘密遣返，与留在英国的家人天各一方。阔别故土已久的他们，显然已无法安然归乡，只能继续在异国隐姓漂泊。在华人的持续抗争下，英国直到 2017 年才开始承认华工的事迹，并公开纪念在英劳工。

然而，他们依然在历史洪流中勤劳、隐忍、顽强地过完了自己的一生，如同夹缝中奋力生长的种子。方荣山在 1912 年 4 月被迫成为船员后，隐姓漂泊了 8 年，直到 1920 年才进入美国。但他直到 1955 年才拿到美国公民的身份。整整 35 年间，他一直以非法移民的身份在芝加哥艰难谋生，尝试过经营一些生意，比如开洗衣店、餐厅，但都失败了。每一次生意失败后，他就去做餐厅服务员。

晚年的方荣山是一个笑容可掬的矍铄老人，经常给远在大洋彼岸的亲朋寄钱。即使是在餐馆做服务生，他也每天穿笔挺的西装。70 岁那年，他去租房，被对方羞辱："我怎么可能租房给你们'黄种狗'？"方荣山一拳把这名白人揍倒在地。可以想象，这一拳背后有多少伤痛与委屈。

和第一代华人移民一样，泰坦尼克号上的幸存华人度过了颠沛流离的一生，有的在印度失联，有的死于肺炎，有的被遣返香港后消失，有的去加拿大开咖啡馆，沉默寡言，但经常免费送牛奶给路过的孩子，有的则因重名太多无法追索。而他们都保持着一种默契：对至亲绝口不提泰坦尼克号。

在这 6 个人的生命中，在泰坦尼克号上的遭遇其实就是一件小事，因为来路和前路更加崎岖。人类史上最大的海难，也不过是他们生命里无须赘述的一道坎。

（摘自《读者》2021 年第 12 期）

# 与铁血结伴

余显斌

清末，洋人在中国横行无忌，动辄以武力相威胁。对于这些高鼻深目者，清廷官员畏首畏尾，以太上皇般礼之，卑躬屈膝。那些洋人，也俨然以太上皇自居。

这情形，在清末屡见不鲜。

当然，这种常态也有打破者……

一

在洋人横行中国时，项崇周临时带着一群苗族和其他民族的男儿，用大刀长矛与火枪，将这些外国人从马背上打下来，让他们目瞪口呆。

他的对手，是当时号称欧洲第一陆军的法军。当这些戴着高筒帽、穿着白军服的法军，仗着手中的现代化枪炮，漂洋过海，打败越南，打败清政府的正规军，耀武扬威，一路走来时，他们怎么也没想到，在勐硐这个地方，他们会碰到一群汉子。这群汉子不是正规军，是猎手，或种田的百姓。他们手中拿的不是枪炮，而是冷兵器。

二

和法军的较量，始于交粮交税。

法军占领越南，刀枪一举，便控制了越南各政府部门。这包括今日越南河阳，也就是今天越南的河江市。据守河阳的法军，命令勐硐百姓将粮食交往河阳，大家一听，当然不愿意。当时，项崇周是寨老，掌管着这一带。

大家找到他，请他拿主意。项崇周"哼"了一声，告诉大家，别管法军的命令，将粮食交到马白。他所说的马白，就是今天马关县的马白镇。过去，按照规定，大家将粮食交到河阳，心中本来不爽，现在，粮食终于交给自己的国家了，所有人都很是高兴。

他们不知道，他们的这个决定，和一百多年前的一位英雄人物的事迹前后辉映。

当年，渥巴锡不满沙俄统治，号角一声，旗帜一扬，刀枪高举，带着部落踏上了归国的路。他们践冰踏雪，马匹奔腾，以刀与血，杀退了哥萨克兵的围追堵截。他们动身时，有十七八万人，回国之后仅有七八万人，一半以上的人，倒在了回归祖国的路上，倒在了维护民族尊严的路上。

而项崇周，带着勐硐苗民，突然转身向祖国交税，也等于一次回归，一次短暂的回归。他们以自己的生命，维护着国家的尊严。

## 三

第一个为尊严献身的，是项崇周的弟弟项崇茂。

勐硐苗民税粮上缴马白后不久，即1883年的一天，趁着阴沉的天气，法军出动了。这次，法军竟出动300多人，显然，他们志在必得。他们采用突袭的战术，鬼鬼祟祟的。

可是，他们还是暴露了行迹。发现他们的，是项崇周的三弟项崇茂，还有一个姓黄的青年。他们躲在草丛中，默默地观察，默默地倾听。然后，他们的枪响了。他们用的是明火枪。

两个人对着300人的队伍开火，这需要多大的勇气啊。当时，面对外敌侵略，大清朝的正规军，人数众多。可是，每次枪一响，他们都将长枪一扔，就撒丫子跑。兵如此，将也如此，平壤之战中，作为大清统帅的叶志超一口气狂奔几百里，成为清军将领的真实写照。

项崇茂击毙了一个法军。他躲避不及，被法军乱枪打死。

法军也被这两枪吓蒙了，以为中了埋伏——深山之中，道路不熟，也许会全军覆没。法军撤退了，他们退到勐硐的一个小山堡里驻扎下来。

## 四

项崇周得知情况后，含着泪水抬回弟弟的尸体。他没有被悲伤击倒，也没有张皇失措。敌人已经到了门前，现在首要的任务是激励士气，杀敌卫家。

他召集了一群精壮汉子，告诉他们，只有与法军拼命，才有一线生路。法军300人。他们才十几个人。项崇周没有蛮干，他的智慧成了这次决胜的基础。

他们决定，不能白天去，不能硬拼。他们采用夜袭的方法。苗民们熟悉环境，便于夜战。这在兵法上，是明显的"以己之长，攻敌之短"。项崇周是懂《孙子兵法》的，而且运用之妙，存乎一心。

晚上偷袭，敌我不分，很可能刀下误伤自己人。对于这一点，苗民的办法更绝，大家光膀子进去——首先，便于分辨；其次，便于行动。为了制造人多势众的假象，他们还用了疑兵之计。他们用茅草扎束，上面插上点燃的香。开战之际，将草束放入水中，沿水漂流，让人一看，点点火光，仿佛有大队人马在行动。

一切就绪，他们向法军发起偷袭。他们摸入小山堡，十几把明晃晃的大刀，画出一条条光亮的弧线，向法军身上砍去。在一声声惨叫中，法军醒了。暗夜中，他们不知道项崇周来了多少人，抬头向远处看，星星点点的火把，还不断向这儿赶来。

法军慌了，转身就逃。项崇周和兄弟们拿着大刀，展开追击。战斗中，项崇周和一个法军厮杀，被对方压在下面。千钧一发之时，一人大吼一声，一刀挥过，将这个法军摞倒。这个救他的人，是他的侄子项国能。也是在这次战斗中，项国能战死。

法军大败，丢下尸体逃走。仅此一战中，项崇周便失去两个亲人。

五

上营盘之战，是勐硐大战一年后发生的。法军一路夺取殖民地，耀武扬威，什么时候吃过这么大的亏。他们一定要抓住项崇周，洗刷耻辱。他们无论如何也未料到，这次进军，他们败得更惨，颜面尽失。

对于法军有可能进行的报复行动，项崇周早有准备。为此，他特意让寨中男女躲入山林中，隐蔽起来。他去找一个姓王的商量，怎么对付法军。二人还没商量好对策，就遭遇了法军。法军当时去捉项崇周，扑了个空，正垂头丧气地往回走，天黑了，便歇下宿营。

他们不知道，项崇周和那个姓王的早已跟上了他们。

二人采用前一次插香入草的办法，只不过略有变化。他们将一些草绳截断，一段一段点燃，在树上、山石上四处放着，山风一吹，火光点点，仿佛有无数的人躲在那儿。然后，二人的枪响了，他们从项崇茂的死中借鉴了经验，打一枪换一个地方，大声吼叫着，应和着。山上，松风阵阵，火光闪闪，仿佛有千军万马袭来。

法军上一次吃了亏，心有余悸，见此情形又惊又怕，一边朝火光处开枪，一边摸黑逃走。他们身处深山，路径不熟，又在夜里，进入一处叫冲水岩的绝地，这儿崖陡路仄，乱石堆垒。风声兽声，加上项崇周二人的枪声，法军惊恐万分，纷纷推挤，落入崖下，死者无数。剩余的人，勉强寻了一条路，逃了回去。

法军回到军营，派人一打听，己方300人竟然败于两个人之手，个个低头不语。

侵略者往往色厉内荏，不堪一击：当他们遇见胆小如鼠者就耀武扬威，遇着铁血汉子自会丑态百出。

六

两次战役之后，项崇周声名大震，当地百姓纷纷拿起武器，加入到他的队伍中，保卫自己的家乡。

法军一见，更是傻了眼。他们知道，凭武力镇压，自己只会败得更惨。但他们心有不甘，总觉得法兰西将士不该如此灰头土脸。他们设了一个擂台比武。当然，他们不为别的，一是为了挽回面子，二是为了震慑这儿的百姓。结果是，他们所选的法兰西武士就是个纸老虎，在苗民的勇士面前，一戳就破。

这个勇士是项崇周的继子兼弟子项国云。法国武士被打倒后，慢慢站起来，对项国云说："你了不起，我输了。"然后转身走了。

一时，法国人怅然若失，中国人兴奋高呼。

对于项崇周与勐硐百姓的抗法之举，清廷赞赏不已，光绪皇帝专门将这儿改名为"归仁里"，下旨由项崇周掌管，并赐其红缎锦旗一面，上书"边防如铁桶，苗中之豪杰"。这不只是赞颂项崇周，更是赞颂了一批守土卫国的苗民。

# 七

在与法人的决斗中，项崇周有勇有谋，更有惊人的洞察力。法国人兵败之后，无奈之下，改用糖衣炮弹，用马驮来银子，抛在勐硐街上，供人捡拾，以此收买民心。面对白花花的银子，项崇周命令，如有拾银者，斩手。

不用命令，所有的人对这些银子都视而不见。

这是一种民族气节。这种气节，汉族有，苗族也有，它是整个中华民族的财富。

无奈之下，法国人又出新招，用堆满牛皮的银子，提出买牛皮大一块土地。项崇周一口回绝，大家不解，问为什么。他说，法国人狡猾，如果将牛皮剪成条，围一块地怎么办？当年，荷兰殖民者占领台湾，就采用这种卑劣的手法，他们向当地人要求买牛皮大的一块地，借以栖身。台湾居民答应了，他们却以牛皮裁条围地，建了一座城堡，作为驻兵基地。

法国人想故伎重演。可惜，他们遇着的是项崇周，他一眼便看穿了法国人的伎俩。

法国人耸耸肩，尴尬地笑了。面对这样一个汉子，他们觉得如同面对一块钢板——这个人不为枪炮屈服，不为杀戮让步，不为金银动心。他们感到自己败了，在中国大清朝的土地上，第一次败得这么彻底，毫无翻盘的机会。

他们唯一的出路，就是滚蛋。滚蛋前，他们效仿歃血为盟，和项崇周签订和约。法军盟誓，从此法军不再进入勐硐一步，如若违反，便被当作死狗杀掉。项崇周也发誓道，法人不入勐硐，自己绝不反击。话说得光明磊落、慷慨激昂。

法军得到承诺，长吁了一口气，知道自己终于捡了一条命，可以全身而退了。

清末，中国与外国签订了一系列不平等条约，每次，都是外国人气势汹汹而来，心满意足而去。唯独这一次，未能得偿所愿。如此说来，项崇周带着苗民对法寇入侵的反击战，是一次逆转，显示出一个国家的骨气和不屈。

（摘自《读者》2018 年第 18 期）

# 至少赢一次

连 岳

马太效应人人听说过：富者越富，穷者越穷。但理解它的人未必多。

理解马太效应非常重要，因为它可以解释世上很多事情。马太效应是人们对世界规律性的认识之一。

马太效应总是令人想到贫富悬殊，产生不愉快。其实从经济学常识来看，经济越发达，贫富差距往往越大。旧石器时代，人类的财富很平均，大家都可以捡块石头。在高度发达的市场经济下，与超级富豪比，工薪阶层都非常穷，而且差距在不断拉大。但无论强调均贫富的平均主义如何违背常识，它也是长期满足人类偏见与激情的一个口号，所以，马太效应的程度总是被低估。

马太效应有一些变形的表述，让人更容易接受，比如：强者恒强，弱者恒弱。比如更直白的表述：你大爷永远是你大爷。它们都表达着同样一个意思：获得领先优势的人，将有可能进一步扩大优势。你可以找到很多例证：在城市化过程中，那些领先的城市将吸引更多的资金、人才、技术，而落后的城市将失去这些；在股票市场上，优质股票的涨幅总是比劣质股票强得多，劣质股票更大的可能是一直下跌，它们二者的股价并不会平均。你仔细寻找就会发现，在人类社会的方方面面，马太效应无处不在。

既然是规律，人就应该顺应它，努力成为马太效应里的富者和强者。具体如何操作呢？有一个可以量化的指标：至少赢一次，因为这样可以告别失败者心态。

孙正义曾经非常成功地运用过这个策略，他收购的一家公司，业绩在行业内一直排第三，士气低落。他的要求很具体：请你们振作精神，至少当一次第一，只要是某个月的第一就行了。成为某个月的第一后，有意思的事情发生了，大家不愿意从第一的位置上退下来，从此长期是第一。

一个人在成为马太效应里的富者和强者之前，从来不知道做富者与强者的滋味，没法根据这个做出判断。所以第一次的经验很重要，只要赢了一次，第二次就会容易很多。这就是韧性和不服输的重要性。有些人很聪明，但是退缩、低自尊，要人长期扶着才能站立，你手一松，他又从墙上滑下来，聪明最终还是没用。聪明人太多，但成事的很少，其原因就在于要咬牙赢一次的狠劲并非每个人都有；相反，悲观失望，责怪他人与世界对自己不够好，却是普遍的情绪与借口。至少赢一次的任务无法完成，进而成为马太效应里的穷者与弱者。随着穷者与弱者的经验越来越丰富，躺得越来越舒服，赢一次的任务就更不可能完成了，而且他会告诉所有人，包括他的孩子，这世界上，没有赢一次这种事。他有限的格局会把自己变得更有限，就像蛇吞噬自己的尾巴。

　　做到第一次，总是难的。第一次赢，更难。这种难，在你的经验之外，对你来说，是无中生有，从零到一。你有各种不喜欢和害怕，总是想着要逃跑，但它是你的必要之难，无论如何，都得完成，至少赢一次。

（摘自《读者》2019 年第 19 期）

# 1% 的世界有多大

陶 勇 李 润

2011 年 4 月 26 日，岳岳的妈妈带着他第一次找到我。那时他 8 岁，我 31 岁。

初次见岳岳时，我正跟着黎晓新教授专攻葡萄膜炎。岳岳在一年前被诊断为白血病，接受了脐带血干细胞移植手术，术后眼睛发生了病变，这次来是因为已经有一个月的时间他什么都看不见了。我给他做了初步检查，发现他的眼睛里混浊一片，根本看不见眼底，是什么原因造成的都搞不清楚，更别提治疗了。

岳岳一家是山西阳泉人，他的爸爸是长途客车司机，早出晚归，靠着微薄的收入支撑一家人的生活。他的妈妈是农民，自从岳岳被确诊为白血病后就放弃了农活儿，全职陪他看病。一家人原本清贫但幸福的生活被岳岳突发的疾病完全打乱了，从他被确诊为白血病那天起，岳岳的父母就陷入一种希望与绝望不断循环的折磨中。

岳岳的妈妈告诉我，这一年，他们母子不是在医院，就是在去医院的路上，看病花光了家里所有的积蓄，还欠了一屁股债。本来做完脐带血手术后家里人稍稍缓了一口气，但没想到噩梦接连袭来。

岳岳的妈妈那时还不到40岁，但整个人面容憔悴、头发凌乱、身体瘦弱，显得特别苍老。这一年中，她经历了太多的痛苦，流过太多的眼泪，她语气平静地问我："大夫，你就实话告诉我，还能治吗？"

这样的问题，我每天都要回答很多次，我知道自己的一句话对患者来说意味着什么。我安慰她："我会尽全力保住你儿子的眼睛，你千万别放弃。"

岳岳的妈妈眼神里闪出一丝光，激动得直向我道谢。那时的我刚刚成为副教授和副主任医师，正踌躇满志；再者，我之所以选择专攻葡萄膜炎，也是希望能挑战一些复杂的病例，让自己的工作更有价值。想到我可能是她最后的希望，我在内心暗暗发誓，一定要治好岳岳！

岳岳特别乖，也特别勇敢，虽然他看不到我，但我能从他的表情中感受到那种求生的力量。我带他进手术室抽取眼内液准备做详细检查。我问他："待会儿叔叔要往你的眼睛里扎针，会有些疼，你忍得住吗？"他特别懂事地点了点头，但牵着我的手攥得紧紧的。

一个8岁的孩子，往往打个疫苗都会哭叫，但岳岳在整个过程中硬是一声没吭。看着他，我总有一种说不出的心疼。

一个月后，岳岳的病因终于找到了，是非感染性的炎症，用过局部激素后他恢复了视力。岳岳的妈妈激动得泣不成声。她告诉我，这一年中，她哭过很多回，早已习惯了大夫摇摇头让她回去的场景。

病因虽已找到，但治疗仍是一个复杂的过程，葡萄膜炎特别顽固，越是身体差、家庭条件不好的人，越是容易复发，眼睛不断地发炎就需要不断地治疗。

从那以后，岳岳的妈妈就开始了带着他由山西往返北京的艰辛之旅。若是病情严重需要住院治疗，长则十天半个月，短则三五天。除去医药费用，他们能省就省，岳岳的妈妈经常在医院走廊、公园里凑合着过夜。

岳岳和我相熟后话开始多了起来。他对医院的一切都相当熟悉，遇到刚住院的新患者，他还能扮演小志愿者，帮他们引路，给他们建议。医院的护士也熟悉了岳岳，很喜欢他，喜欢听他讲故事、说笑话。有时他会跑到护士站看自己的档案，看到高昂的费用，他总是难受地叹气说："家里已经没钱给我看病了。"

因为得病，岳岳比别的小朋友晚两年上学，9 岁时才上一年级，但因为身体免疫力低下，遇到刮风下雨、季节变换的时候，他就没法去学校了。

可能是老天拿走了岳岳的健康就给了他异于常人的大脑，也可能是他太珍惜上学的机会，他的成绩特别好，在一年缺课大半的情况下，数学居然还考了全班第一名，教他的老师都觉得不可思议。我查房的时候，经常看到他抱着点读机在床上认真地学习。

2015 年，岳岳已经 12 岁了，我也 35 岁了。他来找我做第 34 次复查，不知不觉中他长高了许多，已然变成了一个半大的小伙子，我逗他时他就不好意思地笑。

他的眼疾随着自身免疫系统越来越差变得更加"顽劣"，出现了视网膜脱离。儿童视网膜脱离，要做手术很难，若是治疗由炎症引发的儿童视网膜脱离，那就难上加难。

有一段时间，他的眼底视网膜反复脱离，我给他做了 3 次手术，每次手术都要好几个小时，但效果不是很好，我也有了深深的绝望感。于是，我找到他们母子，将实话告诉他们："我尽力了，但真的保不住了。"岳岳的妈妈知道我的性格，所以她没有表现得太失望，她知道，我若说尽力了那就是尽力了。她还不断地向我道谢，然后准备带岳岳离开。我心里特别难过，那种自责与遗憾像巨石一样压在我的心头。但是，岳岳不动，他坐在椅子上不肯起来，低着头，也不说话。

岳岳的妈妈拉我走出病房，她跟我说："你劝劝他，让他放弃吧。"我走进去，可过了半天都不知道该如何开口。劝一个人放弃光明，这真是太残忍了。这时，岳岳突然说话了。他说，自己6岁时被诊断出白血病，特别难过，家里人带着他跑遍了各大医院，最后到了北京儿童医院，医生让他隔离治疗。那时他爸妈就想放弃了，可他不肯。他爸妈问他，你一个人在医院，不怕吗？他说，怕，但他更想活着。最终，父母还是把他带回家治疗了。他说，那一次，他想到了死。此刻，他仰着头看着我说："陶叔叔，你别放弃我，好吗？"

于是，我硬着头皮继续给他做手术，高昂的医药费、艰难的求医路、看不到尽头的磨难，我们所有人都承担着巨大的压力与痛苦。很多人都劝我放弃，说我这样坚持，只会让他全家更痛苦。可岳岳的爸妈说："陶主任，只要你觉得有一丝希望，咱砸锅卖铁也治。"

七八年间，每年少则两三次，多则几十次的治疗，岳岳母子俩坚持往返北京。岳岳越来越高了，他妈妈却越来越老了。有时候她把孩子送进手术室，等我出来后发现，她已经在长椅上睡熟了。那个时刻，我真切地被人性的伟大感染，母爱足以让一个平凡的女子变成英雄。她大字不识几个，但为了岳岳，可以骑一个多小时自行车去城里的网吧查资料，还学会了给我写邮件。她把白血病和葡萄膜炎这两个复杂的病症研究得像半个专家。这么多年过去，她已经不仅仅把我当作一个大夫，而是看作她的战友和亲人。她相信我说的所有话，她说最喜欢看我笑，每次带岳岳来复检，如果我看诊完笑了，那是她最开心的时刻；如果我看诊完皱了眉，她会感觉天要塌了。

2019 年 7 月 8 日，岳岳第 53 次复查，这时他已经 16 岁了，而我的女儿也 8 岁了，和他第一次来找我时一样大。

时间过得好快，匆匆已过近 10 年，岳岳的两只眼睛前前后后做了 10 次手术，至于眼睛上扎过的针，少说也有 100 次了。他已经完全习惯了这种折磨，手术时从来不做全麻，只做局麻，他说比起做脊柱穿刺，眼睛手术的疼痛根本不算什么。

我带的研究生也都非常敬佩这个男孩，问他："你不怕吗？"岳岳笑得很开心，但是没有回答这个问题，反而把话题岔开说，他爸爸长年跑长途，已经好多年没回家过年了，他爸说，如果这次手术顺利，就回来陪他过年。

在我坚持不懈的努力下，岳岳的眼底视网膜终于不再脱离，但反反复复的慢性炎症造成了视网膜钙化。钙化使得本该柔软的视网膜变得像骨片一样坚硬，最终残留的正常的视网膜就像孤岛一样守护着他仅存的一点儿视力。

为了保住他的视力，我不得不寻找另一条路——工程学。也许是冥冥中注定，我无意中认识了从美国留学归国的黄博士和清华大学毕业的宋博士，这让我看到了一线曙光。

我多次跑到他们的实验室参与他们的讨论，他们对岳岳非常关心。白天我们忙工作，晚上我就去他们的办公室，边吃泡面边听他们讲技术方案。黑板上画满了我看不懂的符号，但我一点儿也不觉得枯燥，我知道这些符号里有让岳岳复明的可能，我也一下子理解了岳岳的妈妈——只要医生不放弃，她就充满斗志。

再后来，从澳大利亚留学归国的翁博士和北大的冯博士以及 Coco 也加入了，他们特别热心地和岳岳及其父母沟通，了解他们的生活状态和生活场景，希望尽可能地研究出能帮到他生活方方面面的产品。

我和他们一起做了定量反映视觉改善状况的方案，他们很耐心且认真，不厌其烦地测试岳岳的视觉变化状况，协同研究人员不断地修改方案，改进产品设计。

就在我们所有人即将成功的时刻，我出事了（2020 年 1 月 10 日，北京朝阳医院发生暴力伤医事件，陶勇医生身受重伤——编者注）。后来岳岳的妈妈说，当知道我出事后，她觉得比听到岳岳彻底失明还让她绝望。她连着几宿都睡不好，给我发了短信和邮件，她也知道我看不到，想来医院看望却无奈被疫情阻隔。岳岳知道后，一向性格开朗的他，好多天不说话，也不笑。

2020 年 7 月，我已经康复出诊 100 多天了，Coco 发来了岳岳重新开始读书写字的照片。经过一年的科技攻关，专门为岳岳设计的智能眼镜做好了，岳岳戴上后，可以重新看到书本上的字。

10 年过去了，岳岳长成了大小伙儿，个头和体重都和我差不多。

10 年来，命运对他太残忍，白血病已经让他难以负重，老天又差点儿夺走了他的光明。这 10 年中他从未放弃，在 6 岁时他就喊出："我要活着！"而今，他不仅活着，还抢回了光明，学习了知识，收获了希望。

每当我想起他，眼前就会浮现各种画面：他的父亲披星戴月，在寒冬酷暑里开大巴；他的母亲带着他十年如一日地奔赴医院，风餐露宿；他一边忍受着每次治疗过程中的痛苦，一边还要挑灯学习；黄博士、宋博士带领的团队研究出的堆积如山的产品方案……

打开岳岳的医疗记录，厚厚一大本，一行行的文字，深深浅浅，有些页已经褶皱破损，想来跟着他们母子一起走过了 10 年的风雨。这一切逐渐模糊起来，仿佛串成一条绳索，死死拽住了一个快要坠落悬崖的人。我想，岳岳身上发生的奇迹，缘于所有人都没有放弃。

这就是那 1% 的人生，这就是那 1% 的可能。

我永远愿为这 1% 的可能，付出 100% 的努力。

（摘自《读者》2021 年第 1 期）

# 生命依然值得

毕啸南

有一晚录制节目到深夜，第二天早晨又要赶很早的航班，我便预约了一辆专车，希望能在车上睡一会儿。

由于困意太强，夜色尚浓，上车的时候我的眼皮止不住地打架，只是隐约看见一位身着白色衬衣的专车小哥很有礼貌地帮我开了车门，又帮我把行李箱放置好。我道了声"谢谢"，便一头倒在后座上眯起眼睛，准备小睡一会儿。小哥扭过头来问我："您是去出差吗？去哪里？"我很小声地敷衍："去四川，做一场演讲。""哇，那您是名人，好羡慕，您去我家乡演讲过吗？您要是去了，我一定去听。"他声音清亮，在黎明前的黑暗中让人格外清醒。

但我实在太困了，思维已陷入混沌，便没有再回答他，而是闭着眼睛养神入睡。我没有回应，他却依旧自顾自地和我说起话来："我老家在安徽宣城，您知道吧？那里是宣纸的发源地。""我不是很喜欢北京，空气太干燥了，还是我们那里环境好，我想早点回南方去。""再待6个月，我应该就可以走了，希望一切顺利啊。""唉，我也没什么文化，找不到什么好工作，只能晚上出来开专车，很羡慕您。"凭着职业敏感，我意识到他一定是一个有故事的人，而且正处在某种命运的转折处。他想倾诉。

我不忍心打断他，心里想着，反正睡不着了，索性和他好好聊聊吧。我问他："是家里出什么事情了，还是有亲人在北京住院？"

他有些意外，满脸疑惑地回头又看了我一眼，但瞬间便恢复了轻松的语态："您是怎么知道的？是啊，我女儿，今年3岁了。2017年3月，她才1岁多的时候被确诊患有视网膜母细胞瘤，到现在一共做了11次手术。"

我的心瞬间被撕扯得生疼。其实早已听过很多类似的人生悲凉事，为了争取更好的医疗条件，许多外乡人奔赴北京，只为了能给亲人多带来一丝丝的希望。但这样一个小小的生命，还未曾感受过世界的五彩斑斓，没有沐浴过生活的和风暖日，却已经遭受了如此多的磨难和痛苦，任谁听了心中都难以安宁。

我不知该如何再问下一个问题。似乎不问，悲苦的事便未曾发生。

他却仍滔滔不绝，竟显得我的悲伤有些轻浮。

他一路给我科普什么是眼癌，讲述他们夫妻二人带着女儿的就医之路；埋怨老家医院有的医生不靠谱，耽误了女儿的病情，也感激遇到了好的医生，主动帮他介绍专家；告诉我，在中国，这个领域最好的医生都有谁，他自己现在也是半个专家。拉拉杂杂，也没有什么逻辑，一股脑儿说了许多。说到一些关键处，他言语间竟流露出了些许骄傲，仿佛在向这个苦难的世界宣告着自己的顽强与坚忍，向想要打垮他曾经幸福家庭的疾病和无望宣告着乐观与不屈，向他的小女儿宣告他作为父亲的付出和守护她的决心。

我只是默默地听着。40多分钟的车程，时间突然变得极为珍贵。每一分每一秒，我都舍不得打扰，生怕哪句话冒犯到他。

也许我能做的，就是陪着他——这位与我年纪相仿，却已背负了生活重担的年轻父亲，听他的倾诉。

临下车的时候，我说："特别对不起，但我还是想问一个很残忍的问题……如果按照医生所说，你女儿的病几乎是没有希望痊愈的。你这样坚持，什么时候是个尽头呢？"

他沉默了几秒，语气变得沉缓："我和我老婆商量过了，只要我们还有一口气在，我们就一定会救女儿，无论将来会走到哪一步。"

生活里那些无言的时刻，往往藏匿着人生的真相。

此刻我静默以对，感慨他们为人父母的伟大，也叩问自己一生中可以为了谁付出所有，付出这样看不到尽头的爱，为了我的父母，还是我还未谋面的孩子？为了心爱之人吗？世人皆仰慕那深沉的爱，但大多人期冀的只是被爱，而不是去爱；只是得到，而非付出。

而这个男人，他的这份执着、担当与人性之光又是从何而来的呢？满怀疑虑，我好奇地问起他的父母："给你女儿治病的过程中，你爸妈是什么意见？"

猝不及防，这位一路神色轻松、说说笑笑的小伙子竟突然失声痛哭起来。"我不是一个合格的儿子，我对不起我爸妈，我不孝啊！本来我们家过得挺好的，要不是因为我，他们到这个年纪应该安享晚年了。现在我把房子卖了，车也卖了，我女儿治病欠了那么多外债，我爸虽然嘴上从来不和我多说，但其实都是他在偷偷地替我偿还。上次家里真的再也拿不出钱了，他说你都已经尽力了，这样下去也不是个办法，他想让我放弃。我和我爸大吵了一架，我不能放弃啊！其实我知道，我爸妈是心疼我，不想让我一辈子活得那么苦，也不忍心让孙女承受这么多的病痛。我很愧疚，很自责，我对不起我爸妈。我也不是一个称职的丈夫，结婚前给我老婆的承诺，到现在一样也没有兑现。我也对不起我女儿。我不知道是不是我上辈子做错了什么，才让我女儿这么小的年纪跟着我受这么大的罪。"

车停靠在路边，他后倚在座位上，一直不停地用手擦眼泪，那一刻，这个坚强的父亲只是一个受尽了委屈的孩子。

"从小到大，我都和我妈比较亲，有什么好吃的、好玩的，我妈一定会留给我，妹妹老说妈妈重男轻女。现在为了我，平时很爱美的妈妈一年到头连件新衣服都舍不得添置，穿的都是打补丁的衣服。60 岁的人了，每天凌晨 4 点还要去村里的板子厂打工，辛辛苦苦一天，赚不了 100 块钱，回来还得去做农活儿。

"我爸很疼我妹，对我就特别严厉。我那时候特别不理解我爸，很怕他，其实到现在，我还是有些惧怕他的。如今想想，有哪个孩子不是爸妈的心头肉啊，他就是望子成龙，现在真后悔没有听他的话，好好读书。后来长大了，有点儿本事了，我经常和我爸吵架，总是跟他唱反调，说过很多让他伤心的话。这次来北京，我实在是没钱了，没办法，只能又跟爸妈张口，我妈说家里实在是一分钱也没有了。第二天一大早我醒来，却看到我爸给我转了 9000 块钱，我知道他肯定是连夜挨家挨户地替我借了钱。他是那么好面子的一个人，我都不能想象那个画面，一想就像被针扎了一样，又痛又心酸。去年过年回家，我看到我爸的头发竟然全白了，他还不到 60 岁啊，真的是一夜白头。他为我操碎了心。我现在真的想和爸爸妈妈说一句：'你们辛苦了，儿子不孝，我爱你们。'"

我伸出手，轻轻地拍着他的肩膀，车里寂静无声。

"对爸妈的感谢也不要闷在心里，多向爸妈表达爱，他们需要。这也是一种孝。"过了一小会儿，我认真地和他说。

他没有回头，声音一直哽咽着说："我知道了，我会努力的，真的谢谢你。"

我望着这个男人的背影，他曾在多少个日日夜夜默默地流下眼泪呢？我做过不少名人领袖的专访，问过他们同一个问题："我们该如何面对苦难的人生？"我没有忍住，也同样问了他："熬不下去的时候，你是怎么过来的？"

车已经到了目的地，天际的鱼肚白已经层层渲染，铺亮了整片天幕。他顿了顿，依然没有看我，只是死死地盯着方向盘。"我每天都想死，但我知道我得活着。我女儿能活多久，我就坚持多久。我得把我女儿治好。"

机场路边不能停车，后面的车不断鸣笛，手机不停地提醒他接下一单的客人。分秒之间，我下了车，还没有反应过来，车子便驶向远方。我愣在原地，心情久久不能平复。

那天清晨，这位平凡的、曾在南方家乡开货车的 32 岁的专车小哥，带给我巨大的震撼。

我心里一直惦记着这件事，可惜当时没来得及留下他的联系方式。朋友指点我，专车的服务平台有一个投诉与建议的功能，通过这个也许可以联系到他。果然，最终我打通了电话。

我说明了缘由，希望能帮助他。但谨慎起见，还是希望他能提供孩子的一些就医资料和证明。他有些意外，在电话那头反复表达感谢。我们互加微信好友后，他马上发来了很多资料和照片。照片里，孩子的眼睛被纱布裹得一层一层的，妈妈拥她在怀里，她嘴巴咧着，灿烂的笑容溢满了镜头。

我把这个真实的故事写了下来，发布在微信朋友圈。许多朋友表达了关心、鼓励，也给予了帮助。

这是一场爱与善意的接力。电影《布达佩斯大饭店》里，在逃亡的火车上，古斯塔夫对 Zero（零）说："即使世界混乱疯狂如屠宰场，还是有文明的微光出现，那便是人性。"真心祈祷这个小姑娘能够早日恢复健康，快乐成长。有一天，她能看到，是她的父母、她的亲人，还有那些关爱她的陌生人，让她黑暗之中也能看见光明。

3 年来，每次往返北京，我都会请健和——这位年轻、勇敢的父亲来接我，一路车程，是我们两个男人之间独特的生命对白时刻。他分享所有，我触摸一切。

就在我写这篇文章前不久，健和给我打了一通电话，平日里他很少主动和我联系，这是男人特有的规矩与分寸，他怕打扰我的生活。我接通电话，那边他已哭得喘不过气来。我安静地听着他哭了一会儿，等他的哭声渐渐微弱，我问他："怎么了，发生什么事了？"他说："医生让我签字，是否同意给女儿进行手术。手术不做，孩子可能撑不过半年；但做了，她的另一只眼睛也可能保不住。"两难之间。

健和呜咽着说："不签，我就是杀我女儿的凶手；签了，我就是让她一辈子看不见的罪人。你说，我到底该怎么办？"

手术最终很成功。虽然此后的漫漫人生，这个 5 岁的小女孩儿每隔半年都需要去医院做一次复检；虽然他们一家人仍然需要继续战斗，保住孩子的另一只眼睛，但是，这个年轻的父亲，与他的父母、妻子一起，卖房卖车，砸锅卖铁，硬生生用了 3 年的时间，把他的女儿从死亡边缘抢救了回来。

　　我为这个同龄人的勇气与坚忍所震动。3年来，与其说是我在帮助他，不如说在我生命的每一个灰色瞬间，他都在激励、鼓舞着我。

　　我曾问健和："后悔当初的选择吗？"

　　他回答："我觉得父母为孩子做的事，从来都不后悔。"

　　我多么想对这个不幸又幸运的小女孩儿说："丫头，你接下来的人生路不好走，但相信你的爸爸妈妈因你而生长的坚忍、勇敢与爱，也能如沙漠里的生石花，牢牢生长在你身上。即使命运残败，生命依然值得。这是你的爸爸妈妈送给你最好的礼物。"

（摘自《读者》2021 年第 23 期）

# 凡人列传

李 愚

刘瑞英："一条老命换 3 个小孩的命，很值！"

刘瑞英，女，生于 1962 年，福建省南平市人，南平市文体路环卫队队长。

2010 年 3 月 23 日上午 7 时 20 分，刘瑞英正在南平实验小学对面的路边打扫。突然，她看到一个身高约 1.7 米、穿着灰色上衣的男子，抓住一个小女孩的书包不放。"我还以为是父亲在门口教训孩子，没想到他竟然从背后掏出一把长刀！"接下来发生了骇人的一幕：男子手持长刀直接往女孩脖子上抹去，女孩当场倒下。男子接着抓住身边的一个学生，用刀狂捅。看到这残忍的一幕，刘瑞英的脑袋"嗡"的一下炸开了，一时吓得不敢动弹。

"我看到还有学生从坡下上来,想喊他们快跑,嘴张得老大,就是喊不出声!"

刘瑞英忘记了害怕,她用手上的扫把当武器,冲上前去,将扫把调过头来,用木棍对着那个像屠夫一样的凶手。

她身后是 3 个刚来上学的孩子。刘瑞英一边和凶手对峙,一边护着孩子往后退。这是现实版的"老鹰捉小鸡",此时的刘瑞英就像老母鸡护雏一样,张开双臂,护卫着身后的 3 个孩子。

凶手不断挥动着手中的刀子,几次试图冲上来,都被刘瑞英用大扫把挡开。那一刻,这道看似羸弱的屏障,就是人间真正意义上的铜墙铁壁。事实证明,正是刘瑞英的这一举动,让疯狂杀人的郑民生停住了手,给学生们赢得了宝贵的逃跑时间。

由于太紧张,用力过猛,刘瑞英的脸上被扫把的竹刺划出十几道血痕。她说自己当时非常害怕,怕凶手拿着刀冲过来。"我的腿都在抖,上下牙齿在打战。"刘瑞英说,当时连死都想到了。"他手里有刀,要是真的冲过来,我肯定死了。""他离我就两米多远,手里拿着刀,他要刺死我我也没办法了,反正我不让开。"

在那千钧一发之际,这个连自己名字都不会写的 48 岁女人,突然想得很坦然:"我都快 50 岁了,一条老命换 3 个小孩的命,很值。"

僵持了几分钟后,几个晨练的人围了上来,合力把凶手郑民生制伏。此时的刘瑞英气急了,"我用扫把拼命地敲打他的头。"

看着孩子们被送走,刘瑞英重新拿起扫把,把剩下的路段扫干净,这才回家。"我是队长,当然要以身作则了。"

### 耿志兰:"别叫俺孩子,叫俺姑娘吧!"

耿志兰,女,生于1998年,山东省禹城市人。

禹城市西大桥下,两米多高的桥墩旁有一堵废弃的砖墙。靠着这堵墙,其余三面用废弃的广告牌、塑料布一围,这块四五平方米大的地方就成了耿志兰一家四口的"蜗居"之地。

12岁的耿志兰每天拉着9岁的弟弟,白天卖破烂,晚上捡野菜,破烂是钱,野菜是饭。耿志兰要担起的不只是姐弟俩的生活,还有父母的生存——父亲耿向福去年在建筑工地上摔成腰椎骨折,瘫痪至今;母亲有精神障碍,口中整日喃喃自语,却听不清她在说什么。

52岁的耿向福是禹城市房寺镇九圣堂村人,小时候被人抱养到滕州市。养父母去世后,他带着妻儿回到老家,但没有居所,无处落脚。耿向福随后到禹城市一处建筑工地打工,并租了一间平房把家人安顿进去。2009年10月,耿向福不慎从脚手架上掉下来,摔成腰椎骨折,无钱治疗的他一直瘫痪至今。同年底,耿家人租住的房子拆迁。由于没钱租楼房,他们建起了现在的"家"。耿向福说,自从他无法干重活后,全家的生活就只能靠耿志兰姐弟俩捡破烂来维持。

"最多的时候一天捡的破烂能卖二十几块,少的时候只有七八块。""不辛苦,不辛苦,俺很乐观的。""别叫俺孩子,叫俺姑娘吧。""俺上过半学期学,俺能说好多成语呢。"耿志兰说。

她从三轮车上翻出一个小包,掏出一本《伊索寓言》,随便打开一页,迎着桥下微弱的光线,教弟弟念着她能认出的字。读到不认识的字就用"什么"代替,不长的句子中"什么"出现了好几次。她说:"俺只有这一本书,是小朋友送给俺的。别看就这一本,它可是俺的宝贝!"

看到同龄的孩子去上学，"姑娘"耿志兰很羡慕："俺好多回都梦见在读书呢！"她希望自己能像以前一样在课堂上读书。"弟弟从未进过课堂，好想带他去上学。"冷风劲吹下，姐弟俩的手脸被冻得通红……

孙东林："哥哥今生不欠人一分钱，不能让他欠下来生债。"

孙东林，男，湖北省武汉市黄陂区人，自 2004 年起，一直在中国华北冶金建设有限公司天津东丽分公司务工。

2010 年 2 月 9 日，为抢在大雪封路前赶回老家给农民工发工钱，武汉建筑商孙水林连夜从天津驾车回家。10 日凌晨零时许，南兰高速河南开封县陇海铁路桥段，由于路面结冰发生特大车祸，20 多辆车追尾，事故造成多人死伤。孙水林一家五口不幸遇难。

"哥哥在北京和天津都有工程。"弟弟孙东林说，"2 月 9 日，哥哥从北京赶到天津，嫂子和 3 个儿女都暂住在天津。"晚饭后，孙水林来到弟弟家。原本打算隔天再走的孙水林上网查看天气预报时发现，从天津回武汉的沿途即将出现雨雪天气，若降雪太大高速公路可能封闭，他当即决定连夜驾车回家。

春节前一个月，工地已陆续停工，孙水林已基本结清工钱，就差老家几十名工友的尾款约 30 万元。晚上 7 时许，他拿着要账要来的 11 万元加上从弟弟手里借来的 15 万元，带着妻子和两个女儿、一个儿子连夜启程，经京沪高速直奔武汉。

10 日下午，孙东林打电话回家，发现哥哥仍未到家。他接连拨打 100 多遍手机，仍无人接听。预感情况不妙的他开车上路，风雪中沿途苦寻。路上他接到老乡的电话：哥哥的手机在河南兰考县人民医院太平间。

11 日凌晨，孙东林赶到兰考县公安局，抱着试试看的态度去了医院太平间。"一个老人问我找的是不是一个 50 多岁的男人和一个 40 多岁的女人，我的预感越来越强烈。看到他们时我当即就晕倒了。"

"我有一种强烈的愿望，一定要替哥哥把工钱送到工人手里。"在民警的指引下，孙东林找到哥哥已被撞烂的轿车，他发现 26 万元现金完好无损地放在后备箱下放备用胎的地方。"哥哥今生不欠人一分钱，不能让他欠下来生债。"30 多个小时没合眼的孙东林动身往家赶。

12 日上午，他赶回武汉老家。哥哥意外离世，账单多已不在，孙东林不知道该给每位工友发多少钱。他让工人们凭良心领钱："大家说差多少，我就给多少。"孙东林给 60 多位工友发了 33.6 万元——除哥哥留下的 26 万元，他自己掏了 6.6 万元，再加上母亲的 1 万元养老钱。

### 王保田："为什么他们不理解什么是爱？"

王保田，男，生于 1967 年，安徽省阜南县人。

43 岁的王保田在北京承包了某单位的物业工作，月薪 2000 块。妻子在某大厦当保洁员，月薪 800 块。夫妻俩住在单位提供的一间 6 平方米的单人房里。读高中的一双儿女与爷爷奶奶一起在老家生活。

2009 年 11 月 4 日，儿子王鑫在学校上厕所时突然晕倒，被诊断为急性脑出血，刚推进手术室，呼吸和心跳就停止了。从北京回老家的火车上，王保田听医生说要"准备后事"了，他立即决定捐献儿子的遗体和器官。

不料，等着他的却是一个远超过他想象的复杂的捐献之旅。转入重症监护室上呼吸机、输液后，王鑫"死而复生"，似乎恢复了呼吸和心跳，脸红扑扑的。王鑫并不能被界定为死亡，但医生同时暗示："已无抢救希望。"

这期间，王保田成了主治医生和广东省红十字会间的电话转接员，光打给深圳红十字会负责人高敏的电话费就高达400块。

耗时一个月零两天，完成繁复的"规定动作"后，医生宣布王鑫"无抢救价值"。王保田夫妇终于得以与深圳红十字会签署器官捐献协议，无偿捐献两个肾脏、一个肝脏和一对眼角膜。

维持救治期间，王家在北京借的4万块、在老家借的4万块和王鑫的学校捐的3万多块已全部花光，还欠医院2万多块。捐献实现后，王保田拒绝"照惯例勾销欠费"，他坚持"就算倾家荡产，我也要还"。从第一例器官捐献以来，整个中国不过130例，像王家这样自己举债要捐器官的绝无仅有。

火化、埋葬儿子后，王保田向北京的朋友借的1万块还剩2700块。他揣着这些钱去医院准备还账，在电梯间钱被偷走。抢救儿子的32天里，王保田没哭过，但这次他止不住掉眼泪。他说："我不是为儿子哭，也不是为自己的钱财哭，我为这个世界担忧——为什么他们不理解什么是爱？"

（摘自《读者》2010年第12期）

# 走在路上

俞敏洪

从出生到十八岁，我一直生活在一个小村庄。我家东边有一座五十米高的小山，爬上这座小山，长江就可以一览无余。于是我就开始好奇，天的那一边到底有什么？如果我坐上船能够到哪里？我的心开始渴望旅行，长大后我要走出村庄，到更远的地方去。

我第一次坐火车是到北京去上大学，这也是我第一次看到火车。我考大学考了整整三年，自己也没弄明白是什么让我坚持了三年。现在想来，是心中那点模糊的渴望，走向远方的渴望。这种渴望使我死活不愿意在一个村庄待一辈子，而走出村庄的唯一出路就是考上大学。

我的大学生活是孤独的，一个农村孩子走进大城市之后的转变是深刻而痛苦的。四年大学生活对我来说最大的安慰就是周末可以走出校园，到郊区去爬山。我曾经无数次坐在香山顶上看夕阳西下，看群山连绵。

大学三年级时，我得了肺结核，被送进了坐落在北京西郊的结核病疗养院。尽管疗养院围墙很高，但在楼上的房间里能看到周围的山。医院的门口有一座小山，山顶上有冯玉祥写的"精神不死"四个大字。我几乎每天都去爬这座小山，对着这四个字发呆。后来身体好点了，医生允许我走出大门，我就爬遍了每天从医院的窗户里看到的那些山峰。

有很长一段时间，我安于现状。大学毕业后，我留在北大当老师，收入不高但生活安逸，于是娶妻生子，柴米油盐，日子就这样一天天过去，梦想就这样慢慢被遗忘。直到有一天，我回到了家乡，又爬上了那座小山，看着长江从天边滚滚而来，那种越过地平线的渴望被猛然惊醒。于是，我下定决心走出北大校园。在出国留学的梦想被无情粉碎之后，"新东方"终于出现在我生命的地平线上。从此一发不可收。带着我的梦想，"新东方"从一个城市走向了另一个城市，从中国走向了世界。我也带着"新东方"的梦想和我的渴望，从中国城市走向世界城市，从中国山水走向世界山水，从中国人群走向世界人群。

走在路上，这就是人生。我们一辈子走在两条路上，心灵之路与现实之路，这两条路相得益彰——心灵之路指引现实之路，现实之路充实心灵之路。当我们的心灵不再渴望越过高山大川时，心灵就失去了动力和营养；当我们的现实之路没有心灵指引时，即使走遍世界也只是行尸走肉。

（摘自《读者》2008 年第 2 期）

# 有梦想的人才能举起奥斯卡

李 安

1978 年，当我准备报考美国伊利诺伊大学的戏剧电影系时，父亲十分反感，他给我列了一个数字：在美国百老汇，每年只有 200 个角色，但却有 50000 人要一起争夺这少得可怜的角色。当时我一意孤行，决意登上了去美国的班机。父亲和我的关系从此恶化，近二十年间和我说的话不超过 100 句！

但是，等我几年后从电影学院毕业后，我终于明白了父亲的苦心所在。在美国电影界，一个没有任何背景的华人要想混出名堂来，谈何容易。从 1983 年起，我经过了 6 年多的漫长而无望的等待，大多数时候都是帮剧组看看器材、做点剪辑助理、剧务之类的杂事。最痛苦的经历是，曾经拿着一个剧本，两个星期跑了三十多家公司，一次次面对别人的白眼和拒绝。

那时候，我已经将近 30 岁了。古人说：三十而立。而我连自己的生活都还没法自立，怎么办？继续等待，还是就此放弃心中的电影梦？幸好，我的妻子给了我最及时的鼓励。

妻子是我的大学同学，但她是学生物学的，毕业后在当地一家小研究室做药物研究员，薪水少得可怜。那时候我们已经有了大儿子李涵，为了缓解内心的愧疚，我每天除了在家里读书、看电影、写剧本外，还包揽了所有家务，负责买菜做饭带孩子，将家里收拾得干干净净。还记得那时候，每天傍晚做完晚饭后，我就和儿子坐在门口，一边讲故事给他听，一边等待"英勇的猎人妈妈带着猎物（生活费）回家"。

这样的生活对一个男人来说，是很伤自尊心的。有段时间，岳父母让妻子给我一笔钱，让我拿去开个中餐馆，也好养家糊口，但好强的妻子拒绝了，把钱还给了老人家。我知道了这件事后，辗转反侧想了好几个晚上，终于下定了决心：也许这辈子电影梦都离我太远了，还是面对现实吧。

后来，我去了社区大学，看了半天，最后心酸地报了一门电脑课。在那个生活压倒一切的年代里，似乎只有电脑可以在最短时间内让我有一技之长了。那几天我一直萎靡不振，妻子很快就发现了我的反常，细心的她发现了我包里的课程表。那晚，她一宿没和我说话。

第二天，去上班之前，她快上车了。突然，她站在台阶下转过身来，一字一句地告诉我："安，要记得你心里的梦想。"

那一刻，我心里像突然起了一阵风，那些快要湮没在庸碌生活里的梦想，像那个早上的阳光，一直射进心底。妻子上车走了，我拿出包里的课程表，慢慢地撕成碎片，丢进了门口的垃圾桶。

后来，我的剧本得到基金会的赞助，我开始自己拿起了摄像机。再到后来，一些电影开始在国际上获奖。这个时候，妻子重提旧事，她才告诉我："我一直就相信，人只要有一项长处就足够了。你的长处就是拍电影。学电脑的人那么多，又不差你李安一个，你要想拿到奥斯卡的小金人，就一定要保证心里有梦想。"

如今，我终于拿到了小金人。我觉得自己的忍耐、妻子的付出终于得到了回报，同时也让我更加坚定，一定要在电影这条路上一直走下去。

因为，我心里永远有一个关于电影的梦。

（摘自《读者》2007 年第 3 期）

# 向盲者致敬

江　漾

那天下午，我带儿子走在步行街上。街角处一个残疾人坐在地上行乞，面前的纸盒里已有一些零散的纸币和硬币，有几个人在驻足观看。

一位先生走在我们前面，从口袋里掏出两三个硬币，随手扔进残疾人面前的盒子里，铿锵有声，震得我的心紧了一下。我望向那残疾人，他正在向扬长而去的男人低头致谢。

儿子放开我的手，快走了两步，我知道他手中正有两枚硬币，制止已来不及了，如那位先生一样，儿子将手中的硬币抛入盒子里，同样的掷地有声。然后，他回过头来看我，稚嫩的脸上写着"施舍"后的满足。我快走几步将儿子拉开，他不解地抬头看我。我从钱夹里抽出一张拾元纸币严肃地递给他："去吧，不能扔，要蹲下，轻轻地放在他的盒子里，不要接受他的谢礼。"

我那聪明的儿子似乎明白了我的意思，重新走过去，蹲下他并不高的身体，将钱轻轻地放在残疾人面前的纸盒里，并飞快地跑回我的身边。我暗暗地出了一口气。

多年以前，读过一篇介绍一位俄国诗人的文章。说街头的盲人乞丐，常被人戏弄，向他行乞的帽子里丢石头，悲愤的盲人在身前立起一块纸牌，上面写着：假如你不能给我同情，请不要投给我欺骗的石头！

我平日并不鼓励孩子送钱给行乞者，自己也不常给，并不完全因为行乞者真假难辨，还因为一直搞不清楚自己是怎么想的。可就在这一刹那，我明白了自己一直以来的顾虑：原来，我们并不能正确掌握真正的施舍的态度。

我们往往以为：因为我们是给予者，所以不必对其表示尊重。

在人们的现有印象里，"施舍"是可以居高临下、目中无人的，而事实上这种态度已完全背离了"施舍"的本意。在古汉语里，"施"，是给予；"舍"，为放弃。因给予而放弃财物，完全是我们自愿的、表示善良的行为，与对象无关，我们无权因此而轻视对方。

路上，我告诉儿子：对残疾人或者其他方面的弱者（包括班上有生理弱点的同学、贫困家庭的同学……），你可以不给他们帮助，但要尊重他们，至少不能围观、戏弄；如果你愿意，也可以给他们帮助，更要足够地尊重他们，要在平等的姿态下善意地给予。给予，只表示你自己的善良，并不意味着你可以轻视对方。如果没有了善意的态度，"施舍"很容易变成对弱者的侮辱。

回到家里，我和儿子一起看两千多年前的孔子是怎么做的：《论语·卫灵公》中较详细地记载了孔子对待盲人乐师冕的细节。盲人乐师冕来见孔子，走到台阶前，孔子告诉他："这是台阶。"走到座席前，孔子提示他："这是座席。"大家落座以后，孔子又告诉他："某人在这里，某人在这里。"乐师冕出去以后，子张问道："这就是与乐师交谈的方式吗？"孔子说："对。这本来是帮助乐师的方式。"

从这里可以体会到，孔子对盲人乐师冕的关心是细致从容的。在当时，乐师的地位是相当低贱的。孔子对乐师冕如此无微不至的关心，难能可贵。由子张的疑惑可以得知，当时一般人对盲人的人格并未给予足够的尊重，而孔子能为之，正表现出孔子在人格上对残疾人的一种尊重。

《论语·乡党》中说，孔子见穿孝服的人，即使是关系亲密的，也一定要把态度变得严肃起来。看见当官的和盲人，即使是常在一起的，也一定要有礼貌。穿丧服的人，夫子哀其有丧；"冕衣裳者"，夫子尊其爵位；盲人，夫子为何要如此尊敬他？因为他是残疾人。

对弱者的态度最能考验一个人的潜在素质和同情心。

心怀善意地弯下腰吧，将由衷的关爱亲手送到他们的手中，我们的心才会真正地愉悦、和谐。

（摘自《读者》2006 年第 2 期）

# 人生三步骤

钱　穆

一

　　每个人的生命发展过程都应该有三个层次，或者说三个阶段。

　　第一个阶段为生活。衣食住行的意义与价值是维持生命的存在。先讲讲食和衣。

　　所为食前方丈，一丈见方的很多食品同颜渊的一箪食、一瓢饮，实质上没有什么区别。大布之衣，大帛之袍，同锦衣狐裘的作用也差不多。饮食为御饥渴，衣着为御寒冷。

　　同样，颜渊居陋巷，在贫民窟里；诸葛亮卧草庐，在一间茅草房里，从表面上看双方好像不一样，其实在生命和意义与价值上还是差不多的。

再讲到行，孔子出游一车两马，老子出函谷关只骑一头牛，普通人就只好徒步跋涉了。

今天科学发达，物质文明日新月异，我们的衣食住行同古代的人绝不相同，但生命的意义与价值的角度看，衣还是衣，食还是食，住还是住，行还是行，生活还只处于第一阶段。

动植物亦有它们的生活，有它们维持生命的手段，所以生命的第一层次即生活方面比较接近自然。可以说人同其他动植物的生活相差得不太远。孟子的"人之异于禽兽者几希"，即是此意。

进一步说，我们是为了维持我们的生命才有生活，并不是我们的生命就是为了生活。生活应该在外层，生命则在内部。生命是主，生活是从。生命是主人，生活是跟班，来帮主人的忙。

生命不是表现在生活上，应该另有作用。这就是我们要讲的生命发展这程中的第二个层次，即人的行为。换句话讲，人的生命价值应该体现在事业上。

二

我们来到这个世界上，不是只为吃饭、穿衣、住房子、行路的。除了衣食住行以外，我们应该还有人生的行为和事业，这才是人生的主体。

今天不少人工作都是为了谋生。为了解决衣食住行问题才谋一个职业，拿工作来满足自我生活需要。工作当然也可以说是一种行为，实际上应该有另一种更高尚的行为，按照古人所讲，就是修身齐家治国平天下。

一个人只要肯有所不为——不讲我不想讲的话、不做我不想做的事，不论他是大总统、大统帅、大企业家，还是农民、工人，从行为上讲都是平等的。他们的区别只是生活质量，但做人的精神是平等的。讲平等要从这种地方讲。如只从生活质量上看，人与人怎能平等呢？整个世界的人都不平等！

有的事富贵的人可以做，贫贱的人却不能做；有的事贫贱的人能做，富贵的人却不能做。只有我们讲的修身，这种精神行为，才是平等的、自由的。可见古人所谓的修身，到今天仍旧有意义有价值。再过上300年、3000年，这种意义与价值还会继续存在。

第二步是齐家。每个人都有一个家。父慈子孝，兄友弟恭，夫妇好合，这样的生活才有意义。

天下哪有完全大公无私的事呢？吃饭，一口一口吃，这就是私的。穿衣，穿在我身上，也是私的。房子自己住，还是私的。哪有不私的事呢？

修身齐家不是个人主义，不能只讲自己。没有父母，你又是从哪里来的呢？修身齐家亦不是社会主义，身与家都有私。

修身齐家是一种行为道德，是公私兼顾的。尽自己的能力来修身齐家，这是你应该做的。我应该修身齐家，你也应该修身齐家，大家是平等的。

第三个层次就是治国平天下。个人、家庭、国家是一体相通的。古人对人生看得很通达很透彻，才会有此想法。

一个人最多不过有100年的寿命，能活到八十九十的就很少了。过了一百年，一个家里的人就完全换了，正所谓人生无常。

世界上各大宗教，无论耶稣教、伊斯兰教，还是佛教都在讨论这个问题，唯有中国人不喜欢讨论此问题，中国人习惯在人生无常的现实下安下心来。

## 三

我们为什么要修身？为什么要齐家？为什么要杀身成仁舍生取义？现在讲到人生的第三个阶段了，这就是人生的归宿。

人生有开始，自然也该有个归宿。诸位在此听演讲，听完了，各人有各人的归宿，或者回宿舍，或者回家。我们的人生该也有个归宿。

中国人讲归宿同宗教的讲法不同。宗教说人死了灵魂上天堂或者下地狱。中国人不说对，亦不说不对，把此问题搁置不论。中国人讲人生的归宿在人性。

每个生物都有自己的天性。老鼠有老鼠的天性，小白兔有小白兔的天性，那么我们人呢？人和动物不同的地方就在于人的天性高过其他动物，不容易发现。不仅别人不知道，自己或许也不知道。人的一切行为都应合乎自己的天性。正所谓各有所好。

如我摆两个菜；一个鸡，一个鱼。你喜欢吃鸡还是吃鱼？一下就可以知道，这很简单。若你是学文学的，究竟喜欢诗歌还是散文，就不是一下就可以知道了。散文中，你喜欢韩文还是柳文，更不易知道。这些都该用些力气才知晓。人的其他行为也是如此。总知，人的行为要合乎自己的天性。

如能令自我天性得到满足，自会将安乐二字放在人生的最后归宿上。我天性就是这样，只有这样做，我才心安，才会感到快乐。

那么我请问诸位，我们的人生除了安与乐之外还有第三个要求吗？吃要吃得安，穿要穿得安，安是人生中第一个重要的字。安了才会乐。看看社会上大富大贵的人，或许他不安不乐，而极其贫贱的，或许反而安乐。

诸位应该争取富贵还是安于贫贱呢？富贵贫贱只是人生的一种境遇，

而我们要的是安与乐。只要我们的行为合乎我们的天性，完全可以不问境遇自得其乐。

我们中国人常言德性。什么叫德？韩愈说："足于己，无待于外，之谓德。"可见德就是性。自己的内部本来就充足，不必讲外部条件。

譬如说喜欢，喜欢是人的天性，不需要外部条件。哀伤也是。人遇到哀伤的事若不哀伤，便无法安乐。如父母死了，不哭你的心便不安，那还怎么安乐！怒也是人的天性。发怒得当，也会感觉内心安乐。

我不识一个字，但我也有喜怒哀乐。诸位看街上不识字的人多得很，或许他们的喜怒哀乐比我们更天真、更自然，发泄得更恰当、更圆满。人生的最后归宿就要归在德性上。性就是德，德就是性，古人亦谓之性命，我们要圆满地发展它。

表现出恰当而圆满的喜怒哀乐，可做别人的榜样与标准的，我们称其为圣人或天人。与天，与上帝，与大自然合一。人生若能达到这个阶段，就可以死而无憾了。

做人第一要讲生活，这是物质文明。第二要讲行为与事业，修身齐家治国平天下，这是人文精神。最高的人生哲学讲的则是德性。德性是个人的，同时也是古今人类共同的。人生的归宿也应在此。

（摘自《读者》2005 年第 3 期）

# 拿出一万个小时来

吴淡如

到目前为止，你总共在自己本来有兴趣学的事情上，对自己说过多少次"唉，我看我没有天分，还是算了吧"的话呢？

这句话通常被用来当作宣告某一段努力完全失败的休止符。天分有那么重要吗？

我访问过一位四岁就被称为音乐神童、长大之后也在音乐方面有相当成就的大提琴手。他一开始就否认自己是个天才。他说，他在美国接受访问常被问到的问题是：在他的成功之中，天分占了多少比率？"我想，百分之二十不到吧……不过，这百分之二十当中，我那从小就逼我学琴、不让我出去玩的妈妈，大概贡献了百分之十五以上。"

天分确实因人而异，但我们常高估了它的影响力。

我曾与一位园艺高手在某个阳光充足的办公室里等候，他指着一株几乎生气全无的盆景对我说："上一次我来这里，这种竹子还生气蓬勃，现在竟然变成这个样子。照顾植物跟学习任何事情都有相通的道理：如果你天天花点时间照料它，它就会长得很好；如果你疏忽了它几天，它就会出现残败之相，愈看它，愈觉得对不起它，愈对不起它，愈不想看它，不久，它就一命呜呼了。"有多少可能会改变我们人生方向或增添人生乐趣的事，因为这种"愈荒废愈害怕"的理由一命呜呼呢？

很多人跟我一样都有虎头蛇尾的倾向。不是不想努力，只是没有持续。有时是——刚开始过度努力，不久就弹性疲乏；或是刚开始的时候还蛮有兴趣，遇到了一点困难之后，就告诉自己："我没天分，算了吧。"然后三天打鱼、两天晒网。

就拿念大学时修日文来说吧，刚开始我比任何同学都努力，除了上课外，还上补习班，也买了五花八门的各种教材。我的室友每天早上起床念半个小时，我就比她多念一个半小时，这样总会比她强吧。只不过，她那"每天半个小时"持续了四年，直到她考上日本公费留学还未停息，我那每天两个小时的努力，不断被"郊游、烤肉、恋爱和打瞌睡"穿插打扰，不到一个月就"出师未捷身先死"，日文考试都以临时抱佛脚过关。日后好几次奋发图强，甚至还天天随身带着日语读本，但也都在只有努力、没法"不懈"的状况下，随风而逝。然后告诉自己："算了吧，我看我是没有学日文的天分。""算了吧"出现的频率愈高，我们一事无成的可能性愈大。

英国 EXETER 大学心理学教授迈克·侯威专门研究神童与天才，他得出的结论很有意思："一般人以为天才是自然发生、流畅而不受阻的闪亮才华，其实，天才也必须耗费至少十年光阴来学习他们的特殊技能，绝无例外。要成为专家，需要拥有顽固的个性和坚持的能力……每一行的专业人士，都投注大量心血，培养自己的专业才能。"

这位心理学家也统计过，以学钢琴为例，如果想要变成还不错的业余钢琴家，至少需要专注地投入三千个小时的训练；如果想成为专业水准，一万个小时是跑不了的，像西洋棋、各种运动和外语，想要成为专业人士，用的时间也差不多。

从这一点看来，我们的种种小挫败，并非没有天分，而是没有"持续贡献"。

不只是学习。一般女性最热衷的减肥也是"不需努力，只要不懈"。疯狂减肥的人，总是会失败。据统计，采取速成减肥法或节食减肥，在停止减肥三个月内恢复体重的超过百分之九十，而有不良副作用的也占百分之七十。

一位健身教练也提出忠告："运动不需努力，只要持续，你一定可以瘦得下来。我最怕那些刚开始像拼命三郎的家伙，他们的元气总是会在短时间之内耗尽。"

不用太努力，只要持续下去。想拥有一辈子的专长或兴趣，就像一个人跑马拉松赛一样，最重要的是跑完，而不是前头跑的有多快。

（摘自《读者》2003 年第 1 期）

# 我渴望赢

张晓风

我渴望赢，有人说人是为胜利而生的，不是吗？

极幼小的时候，大约三岁吧，就为听外婆说一句故乡的成语"吃辣——当家"，就猛吃了几大口辣椒，权力欲之炽，不能说不惊人。

如果我是英国贵族，大约会热衷养马赛马吧？如果是中国太平时代的乡绅，则不免要跟人斗斗蟋蟀，但我是个在台湾长大的小孩，习惯上只能跟人比功课。小学六年级，深夜，还坐在同学家的饭厅里恶补，补完了，睁开倦眼，摸黑走夜路回家。升学这一仗是不能输的，奇怪的是那么小的年纪，也很诡诈的，往往一面偷偷读书，一面又装出视死如归的气概，仿佛自己全不在乎。

考取北一女中是第一场小赢。

而在家里，其实也是霸气的，有一次大妹执意要母亲给她买两支水彩笔，我大为光火，认为她只须借用我的那支旧笔就可以了，而母亲居然听了她的话去为她买来了，我不动声色，第二天便要求母亲给我买四支。

"为什么要那么多？"

"老师说的！"我决不改口，其实真正的理由是，我在生气，气妹妹不知节俭，好，要浪费，就大家一起来浪费，你要两支，我就偏要四支，我是不能输给别人的！

母亲果然去买了四支笔，不知为什么，那四支笔仿佛火钳似的，放在书包里几乎要烫着人了。我暗暗立誓，而今而后，不要再为自己去斗气争胜了，斗赢了又如何呢？

有一天，在小妹的书桌前看到一张这样的纸条：

下次考试：

数学要赢×××　　国文要赢×××　　英文要赢×××

不觉失笑，争强斗胜，以至于此，不但想要夺总冠军，而且想一项一项去赢过别人，多累人啊——然而，妹妹当年活着便是要赢这一场艰苦的仗。

至于我自己，后来果真能淡然吗？有的时候，当隐隐的鼓声扬起，我不觉又执矛挺身，或是写一篇极难写的文章，或是跟"在上位者"争一件事情。争赢求胜的心仍在，但真正想赢过的往往竟是自己，要赢过自己的私心和愚蠢。

有一次，在报上看到英国的特工队去救出伊朗大使馆里的人质，在几分钟内完成任务大获全胜，而他们的工作箴言却是"Who dares wins"（勇于敢者胜），我看了，气血翻涌，立刻把它钉在记事板上，天天看一遍。

行年渐长，对一己的荣辱渐渐不以为意了，却像一条龙一样，有其颈项下不可批的逆鳞，我那不可碰不可输的东西是"中国"。不是地理上的那块版图，而是我胸中的这块隐痛：当我俯饮马来西亚马六甲的郑和井，当我行经马尼拉的华人坟场，当我在纽约街头看李鸿章手植的绿树，当我在哈佛校区里抚摸那驮碑的赑屃，当我在韩国的庆州看汉瓦当，在香港的新界看邓围，当我在泰北山头看赤足的孩子凌晨到学校去，赶在上泰国政府规定的泰文课之前先读中文……我所渴望赢回的是故园的形象，是散在全世界有待像拼图一般聚拢来的中国。

有一个名字不容任何人污蔑，有一个话题绝不容别人占上风，有一份旧爱不容他人来置喙。总之，只要听到别人的话锋似乎要触及我的中国了，我会一面谦卑地微笑，一面拔剑以待，只要有一言伤及它，我会立刻挥剑求胜，即使为剑刃所伤亦在所不惜。

上天啊，让我们赢吧！我们是为赢而生的，必要时也可以为赢而死，因此，其他的选择是不存在的，在这唯一的奋争中给我们赢——或者给我们死。

（摘自《读者》2002 年第 4 期）

# 最后一位戴罪的功臣

梁 衡

既然中国近代史是从 1840 年鸦片战争算起，禁烟英雄林则徐就是近代史上第一人。可惜这个第一英雄刚在南海点燃销烟的烈火，就被发往新疆接受朝廷给他的处罚。功与罪在瞬间便交织在一个人身上，将其扭曲再造，像原子裂变一样，产生出一个意想不到的结果。

封建皇帝作为最大的私有者，总是以天下为私。道光在禁烟问题上本来就犹豫，大臣中也分两派。我推想，是林则徐那篇著名的奏折，指出若再任鸦片泛滥，几十年后中原将"几无可以御敌之兵"，"无可以充饷之银"，狠狠地击中了他的私心。他感到家天下难保，所以就鞭打快牛，顺手给了林一个禁烟钦差。林眼见国危民弱，就赴重任，表示"若鸦片一日未绝，本大臣一日不回，誓与此事相始终"。他太天真，不知道自己"回不回"，鸦片"绝不绝"，不是他说了算，还得听皇上的。

　　果然他上任只有一年半，1840 年 9 月，就被革职贬到镇海。第二年
7 月又被再"从重发往伊犁效力赎罪"。就在林赴疆就罪的途中，黄河泛
滥，在军机大臣王鼎的保荐下，林则徐被派赴黄河戴罪治水。半年后治
水完毕，所有的人都论功行赏，唯独他得到的却是"仍往伊犁"的谕旨。
林则徐就是在这样一而再、再而三的打击下西出玉门关的。

　　但是，自从林则徐开始西行就罪，随着离朝廷渐行渐远，朝中那股阴
冷之气也就渐趋淡弱，而民间和中下层官吏对他的热情却渐渐高涨。这
种强烈的反差不仅是当年的林则徐没有想到，就是一百多年后的我们也
为之惊喜。

　　林则徐在广东和镇海被革职时，当地群众就表达出了强烈的愤懑。他
们不管皇帝老子怎样说，怎样做，纷纷到林则徐的住处慰问，人数之众，
阻塞了街巷。他们为林则徐送靴，送伞，送香炉、明镜，还送来了 52 面
颂牌，痛痛快快地表达着自己对民族英雄的敬仰和对朝廷的抗议。林则
徐治河之后又一次遭贬，中原立即发起援救高潮，开封知府邹鸣鹤公开
宣示："有能救林则徐者酬万金。"林则徐自中原出发后，一路西行，接受
着为英雄壮行的洗礼。不论是各级官吏还是普通百姓都争着迎送，都想
尽力为他做一点事，以减轻他心理和身体上的痛苦。

　　山高皇帝远，民心任表达。1842 年 8 月 21 日，林离开西安，"自将军、
院、司、道、府以及州、县、营员送于郊外者三十余人"。抵兰州时，督
抚亲率文职官员出城相迎，武官更是迎出十里之外。过甘肃古浪县时，
县知事到离县 31 里外的驿站恭迎。林则徐西行的沿途茶食住行都被安排
得无微不至。进入新疆哈密，办事大臣率文武官员到行馆拜见林，又送
坐骑一匹。到乌鲁木齐，地方官员不但热情接待，还专门为他雇了大车
五辆、太平车一辆、轿车两辆。1842 年 12 月 11 日，经过四个月零三天

的长途跋涉，林则徐终于到达新疆伊犁。伊犁将军布彦泰立即亲到寓所拜访，送菜、送茶，并委派他掌管粮饷。这哪里是监管朝廷流放的罪臣啊，简直是欢迎凯旋的英雄。林则徐是被皇帝远远甩出去的一块破砖头，但这块砖头还未落地就被中下层官吏和民众轻轻接住，并以身相护，安放在他们中间。

现在等待林则徐的是两个考验：

一是恶劣环境的折磨。从现存的资料上看，我们知道林则徐虽有民众呵护，还是吃了不少苦头。由于年老体弱，路途颠簸，林一过西安就脾痛，鼻流血不止。当他从乌鲁木齐出发取道果子沟进伊犁时，大雪漫天而落，脚下是厚厚的坚冰，无法骑马坐车，只好徒步，蹚雪而行。陪他进疆的两个儿子，于两旁搀扶老爹，心痛得泪流满面，遂跪于地上对天祷告：若父能早日得赦召还，孩儿愿赤脚蹚过此沟。林则徐到伊犁后，"体气衰颓，常患感冒"，"作字不能过二百，看书不能及三十行"。历史上许多朝臣就是这样死在被发配之地，这本来也是皇帝的目的之一。林则徐感到一个无形的黑影向他压来，他在日记中写道："深觉时光可惜，暮景可伤！""频搔白发惭衰病，犹剩丹心耐折磨"，他是以心力来抵抗身病啊。

二是脱离战场的寂寞。林是一步一回头离开中原的。当他走到酒泉时，听到清政府签订《南京条约》的消息，痛心疾首，深感国事艰难。他在致友人书中说："自念一身休咎死生，皆可置之度外，唯中原顿遭蹂躏，如火燎原……侧身回望，寝馈皆不能安。"他赋诗感叹："小丑跳梁谁殄灭，中原揽辔望澄清。关山万里残宵梦，犹听江东战鼓声。"本来封建社会一切有为的知识分子，都希望能被朝廷重用，能为国家民族做一点事，这是有为臣子的最大愿望，是他们人生价值观的核心。现在剥夺了这个愿望就是剥夺了他们的生命，虎落平川，马放南山，让他在痛苦和寂寞中毁灭。

玉门关外风物凄凉，人情不再，实在是天设地造的折磨罪臣身心的好场所。你走一天是黄沙，再走一天还是黄沙；你走一天是冰雪，再走一天还是冰雪。不见人，不见村，不见市。这种空虚与寂寞，与把你关在牢中目徒四壁，没有根本区别。马克思说，在其现实性上，人的本质是一切社会关系的总和。把你推到大漠戈壁里，一下子割断你的所有关系，你还是人吗？呜呼，人将不人！特别是对一个博学而有思想的人、一个曾经有作为的人、一个有大志于未来的人。

> 腊雪频添鬓影皤，春醪暂借病颜酡。
>
> 三年飘泊居无定，百岁光阴去已多。
>
> （《伊江除夕书怀四首·其一》）

> 新韶明日逐人来，迁客何时结伴回？
>
> 空有灯光照虚耗，竟无神诀卖痴呆。
>
> （《伊江除夕书怀四首·其二》）

他一人这样过除夕。

> 雪月天山皎夜光，边声惯听唱伊凉。
>
> 孤村白酒愁无奈，隔院红裙乐未央。
>
> （《又和嶰翁中秋感怀原韵二首·其二》）

他一个人这样过中秋。

> 谪居权作探花使。忍轻抛、韶光九十，番风廿四。寒玉未消冰岭雪，毳幕偏闻花气。算修了边城春禊，怨绿愁红成底事，任花开花谢皆天意。休问讯，春归未。
>
> （《金缕曲·春暮和嶰筠绥定城看花》）

他在季节变换中咀嚼着春的寂寞。

当权者实在聪明，他就是要让你在这个环境里无事可做，消磨掉理想意志，不管你怎样地怒吼、狂笑、悲歌，那空旷的戈壁瞬间就将这一切吸收得干干净净，这比有回音的囚室还可怕。任你是怎样的人杰，在这里也要成为常人、庸人、废人，失魂落魄。林则徐是一个有经天纬地之才的良臣，是可以作为历史标点的人物。禁烟的烈火仍在胸中燃烧，南海的涛声还在耳边回响，万里之外朝野上下还在与英国人做无奈的抗争，而他只能面对这大漠的寂寞。兔未死而狗先烹，鸟未尽而弓先藏。"何日穹庐能解脱，宝刀盼上短辕车。"他是一个被捆绑悬于壁上的壮士，心急如焚，而无可用力。

怎么摆脱这种状况？最常规的办法是得过且过，忍气苟安，争取朝廷早点召回。特别不能再惹是非，自加其罪。一般还要想方设法讨好皇帝，贿赂官员。这时内地林的家人和朋友正在筹措银两，准备按清朝法律为他赎罪。林则徐却断然拒绝，他写信说"获咎之由，实与寻常迥异"，"此事定须终止，不可渎呈"。他明确表示，我没有任何错，这样假罪真赎，是自认其咎，何以面对历史？他没有一点私欲，不必向任何人低头，为了自己抱定的主义，他能容得下一切不公平。他选择了上对苍天，下对百姓，我行我志，不改初衷，为国尽力。

林则徐看到这里荒地遍野，便向伊犁将军建议屯田固边，先协助将军开垦城边的20万亩荒地。垦荒必先兴水利，但这里向无治水习惯与经验，林带头示范，捐出自己的私银，承修了一段河渠。这被后人称为"林公渠"的工程，一直使用了123年，直到1967年新渠建成才得以退役。就像当年韩愈发配南海之滨带去中原先进耕作技术一样，林则徐也将内地的水利、种植技术推广到清王朝最西北的边陲。他还发现并研究了当地人创造的特殊水利工程"坎儿井"，并大力推广。皇帝本是要用边地的恶劣环境折磨他，他却用自己的意志和才能改造了环境；皇帝要用寂寞和孤闷郁杀他，他却在这亘古荒原上爆出一声惊雷。

林则徐在伊犁修渠垦荒卓有成效，但就像当年治好黄河一样，皇帝仍不饶他，又派他到南疆去勘察荒地。北疆虽僻远，但雨量较多，农业尚可。南疆沙海无垠，天气燥热，人烟稀少，语言不通。这无疑又是对林则徐的一场更大更苦的折磨。对皇帝而言，这是对他的进一步惩罚，而在他，则是在暮年为国为民再尽一点力气。1845 年 1 月 17 日，林则徐在三儿聪彝的陪伴下，由伊犁出发，在以后一年内，他南到喀什，东到哈密，勘遍东、南疆域。他经历了踏冰而行的寒冬和烈日如火的酷暑，走过"车箱颠簸箕中粟"的戈壁，住过茅屋、毡房、地穴，风起时"彻夕怒号""毡庐欲拔""殊难成眠"，甚至可以吹走人马车辆。林则徐每到一地，三儿与随从搭棚造饭，他则立刻伏案办公，"理公牍至四鼓"，只能靠第二天在车上假寐一会儿，其工作紧张、艰辛如同行军作战。对垦荒修渠工程他必得亲验土方，察看质量，要求属下必须"上可对朝廷，下可对百姓，中可对僚友"。别人十分不理解，他是一戍边的罪臣啊，何必这样认真，又哪来的这种精神？说来可怜，这次受旨勘地，也算是"钦差"吧，但这与当年南下禁烟已完全不同。这是皇帝给的苦役，活得干，名分全无。他的一切功劳只能记在当地官员的名下，甚至连向皇帝写奏折、汇报工作、反映问题的权利也没有，只能拟好文稿，以别人的名义上奏。这是何等的难堪，又是何等的心灵折磨啊。但是他忍了，他不计较，只要能工作，能为国出力就行。整整一年，他为清政府新增 69 万亩耕地，极大地丰盈了府库，巩固了边防。林则徐真是干了一场"非分"之事。他以罪臣之名，而行忠臣之事。

　　林则徐还有一件更加"分外"的事，就是大胆进行了一次"土地改革"。当勘地工作将结束，返回哈密时，路遇百余官绅商民跪地不起，拦轿告状。原来这里山高皇帝远，哈密王将辖区所有土地及煤矿、山林、瓜园、菜圃等皆霸为己有。汉、维群众无寸土可耕，就是驻军修营房拉一车土也要交几十文钱，百姓埋一个死人也要交银数两。土王大肆截留国家税收，数十年间如此横行竟无人敢管。林则徐接状后勃然大怒："此咽喉要地，实边防最重之区，无田无粮，几成化外！"立判将土王所占一万多亩耕地分给当地汉、维农民耕种，并张出布告："新疆与内地均在皇舆一统之内，无寸土可以自私。民人与维吾尔人均在圣恩并育之中，无一处可以异视。必须互相和睦，畛域无分。"为防有变，他还将此布告刻成碑，"立于城关大道之旁，俾众目共瞻，永昭遵守"。布告一出，各族人民奔走相告，不但有了生计，且民族和睦，边防巩固。要知道他这是以罪臣之身又多管了一件"闲事"啊！恰这时清廷赦令亦下，林则徐在万众感激和依依不舍的祝愿声中向关内走去。

　　一百多年后，我又来细细寻觅林公的踪迹。当年的惠远城早已毁于沙俄的入侵，在惠远城里我提出一定要谒拜一下当年先生住的城南东二巷故居。陪同说，原城已无存，现在这个城是清1882年比原城后撤了7公里重建的。这没有关系，我追寻的是那颗闪耀在中国近代史上空的民族魂，至于其载体为何无关本质。我小心地迈进那条小巷，小院短墙，瓜棚豆蔓。旧时林公堂前燕，依然展翅迎远客。我不甘心，又驱车南行去寻找那个旧城。穿过一个村镇，沿着参天的白杨，再过一条河渠，一片茂密的玉米地旁留有一堵土墙，这就是古惠远城。夕阳下沉重的黄土划开浩浩绿海，如一条大堤直伸到天际。我感到了林公的魂灵充盈天地，贯穿古今。

　　林则徐是皇家钦定的、中国古代最后的一位罪臣，又是人民托举出来的、近代史开篇的第一位功臣。

（摘自《读者》2001 年第 23 期）

# 人

蔡雨玲

有四个年轻的旅行者，分别叫做"每个人""某个人""任何人"和"没有人"。他们一起去寻找传说中神奇的仙果。

"每个人"心智平平，他希望更加聪明；"某个人"双目失明，希望重见光明；"任何人"有点瘸跛，希望百病全消；"没有人"弱听弱视，他也希望找到仙果。四个人怀着不同的目的，一起出发了。

东边路西边路南边路，五里铺七里铺十里铺，他们行一步盼一步更艰难一步。荆棘布道，密林蔽日，猿啼狼啸，虫叮蛇咬，他们没有害怕屈服。春暖花开，夏日烈暑，秋风萧瑟，冬寒刺骨，他们总迈着匆匆的脚步。峰回路转，路转峰回，却依旧山无数水无数艰难无数。长期的劳累奔波使四人面黄肌瘦，瘦骨嶙峋。

十度春秋，历尽磨难，他们才看到了一个小小的渔村。规模不大，但比起他们风餐露宿、朝不保夕的生活，也算是衣食无虞。"每个人"犹豫退缩了，"找到仙果太辛苦了，靠你们吧！""每个人"耍了个小聪明，"也许任何人可以找到，也许某个人能找到，也可能没有人能找到仙果。""每个人"决定留在渔村，耐心地等待，等待。

"任何人""某个人"和"没有人"怀着希望又上路了。他们告别了温暖的渔村，迈过荒无人烟的旷野，穿过湿热的丛林，翻过白雪皑皑的雪山，寒风把他们的衣服撕成碎片，恶狼的嚎叫使他们辗转难眠；饥饿的鳄鱼潜在前方的河流中，水蟥贪婪吸食他们的鲜血，一拔下就是一股血柱，他们全身找不出一块像样的皮肤。他们昼夜赶路不愿停下休息，眼中闪着希望的火花。

十年后，他们才看到了一个绿草茵茵的牧场。夕阳西下，鸡栖于架，牛羊遍野。这比起他们茹毛饮血、饥饱不定的生活，总算是安定有序。"某个人"决定留下来。"找仙果太辛苦了，靠你们吧。""某个人"的眼神黯淡无光，"任何人都可以找到，也不差我某个人，也许没有人找得到。""某个人"决定留在牧场，耐心地等待，等待。

"任何人"和"没有人"背上行囊又上路了。一路上，江河挡道，断桥失修，急湍似箭，猛浪若奔，夹岸高山，皆生寒树，横柯蔽日，险峻无比。"千山鸟飞绝，万径人踪灭"，"任何人"和"没有人"互相搀扶，互相鼓励，艰难地踩着每一步。岁月的刻刀磨去他们年少的轻狂，在他们额头眼角刻下沧桑。"任何人"和"没有人"开始衰老。

又十年，他们来到了一个繁华的城市，城市里车来车往，热闹非凡。毕竟，这是去找仙果的路上最后一个可以遇到人类居住的地方了。"任何人"挽住"没有人"的手，犹犹豫豫，吞吞吐吐。"我们朝也坎坷、夕也坎坷，岁月蹉跎，身心消磨。怕只怕昔日理想，今日南柯啊！"

"没有人"知道最后一个同伴也放弃了，他轻轻抽回手。"我知道前进对于弱听弱视的人会更艰难，但我可以用心感觉，无怨无悔。""没有人"毅然决然地上了路，一根拐杖是他披荆斩棘的工具。"任何人"目送"没有人"悲壮前行，眼底有一点羞愧的泪水。

"没有人"走旷野、穿丛林、爬雪山、泅大河。"没有人"双手厚厚的茧子与岩石嗤嗤地摩擦；"没有人"无数次跌倒，无数次爬起；"没有人"身上的血痂结了落，落了结；"没有人"一次次挑战极限，死里逃生。他走着，爬着，挣扎着，摸索着，一分钟也没有停止前进。

又过了整整二十年，"没有人"的头发、眉毛、胡子，白得像苍苍雪山，长得像他五十年不停追寻的漫长历程。

终于有一天，"没有人"踏上一块平地，他的手和脸已苍老得失去了知觉，只有一颗心依然顽强跳动，是这儿吗？"没有人"看不明听不清，他只能用心细细地感觉。一滴浑浊的老泪爬过他脸上的沟壑，滴落在地上。奇迹发生了！"没有人"似乎感到了生命破土而出的萌动。闻到叶的清香，花的浓烈，果的馥郁。他吃力地摘下一枚软果，咬一口，又脆又甜。刚吃完，他清晰地看见果树成行，花红草绿，所有的果子都朝他点头微笑；微风轻拂，他竟听到叶子的欢笑和鸟的歌唱！他在溪边一照，惊奇地发现自己白发复黑，面色红润，神采奕奕！"没有人"感激地吻着脚下的土地。"没有人"不贪心，他怀揣三个果子，踏上归途。

他身轻如燕、健步如飞。他路过城市、牧场、渔村，分别拜访了"任何人""某个人"和"每个人"，他们却都已白发苍苍，他们都不相信这个充满活力的年轻人就是当初与他们同行的弱听弱视的"没有人"。"没有人"把果子分给他们。"任何人"病好了，"某个人"复明了，"每个人"是否变聪明倒一时难下定论。遗憾的是，他们依旧白发苍苍，也许，只有亲自采摘品尝新鲜的仙果，才能有最大的收获吧！

　　三个人面面相觑，是后悔自己的不坚持还是懊丧自己太依赖别人了呢？他们好悔啊！

　　人是一个整体，社会也是，只依赖其中一部分是很脆弱的，每个人都常常寄希望于某个人身上，虽然任何人都可以做，可就是没有人去做。因此，"当没有人去做任何人都可以做的事情时，每个人都在抱怨某个人"。

　　想一想，万事皆然！

（摘自《读者》2002 年第 14 期）

# 如果历史学家集体闭嘴

穆 涛

秉笔直书，不隐恶、不虚美，被认为是中国古代史官的史德。

史官，是历史的记录人，也是是非曲直的责任界定者。"在齐太史简，在晋董狐笔"，这句诗讲了《左传》里的两段故事。齐国的权臣崔杼杀了齐庄公，另立新君。史官如实记载"崔杼弑其君"，被崔杼推出殿外斩了。史官的二弟继任，再写"崔杼弑其君"，再被斩。三弟继任，仍写"崔杼弑其君"，又被斩。最小的弟弟赴任后，还是如此书写。邻国的史官闻讯后，都捧着"崔杼弑其君"的史简来到齐国，"南史氏闻大史尽死，执简前往"。崔杼害怕了，不得已接受了这样的记录。中国古代的历史观，不是以古鉴今，而是"以史制君""君史两立"。撰写历史的第一要义是制约当朝君主，给胡作非为的昏君贼臣披上"恶名"，遗臭后世。"其有贼臣逆子，淫君乱主，苟直书其事，不掩其瑕，则秽迹彰于一朝，恶名被于千载"。古代的史官地位很高，由最有学问的人担任，如同爵位，可以家传世袭。

赵盾是晋国失宠的权臣，为躲避晋灵公的政治迫害逃往邻国，但尚未出国境，晋灵公就被另一个大臣杀了，赵盾知道后返回都城，继续主理国政。董狐是晋国的史官，他对这个事件的记载是"赵盾弑其君"。赵盾对此很恼火，让董狐做出解释。董狐说："您身为国家正卿，虽然出逃了，但没有出国境，回来后也没有惩办凶手，这就是记载您弑君的原因。"赵盾尽管委屈，但还是勉强接受了。孔子对这两个人均给予了高度评价："董狐，古之良史也，书法不隐。赵宣子（盾），古之良大夫也，为法受恶。惜也，越竟（境）乃免。"

司马迁是西汉的史官，受过腐刑。他身为史官，胸中有正义，有担当，脑袋里也装着醒时、醒世、察人心的史家衡尺，对国家形态，以及社会生态的记述，包括对当朝皇帝的判断，做到了秉笔直书，不隐恶、不虚美。写汉高祖刘邦，既写他的建国伟业，也写他的"慢而侮人"；同时还写他的死对头项羽。写刘邦的传记叫《高祖本纪》、写项羽的传记叫《项羽本纪》，不仅规格一样，而且把项羽放在刘邦前面。写第二代皇帝惠帝刘盈，因为他赢弱无为，一切听命于母亲吕后，司马迁甚至不设《惠帝本纪》，而是设《吕太后本纪》，把刘盈的具体事迹纳入其中。写第三代皇帝文帝刘恒，既写他亲民养国，尤其写到免除老百姓的田租（农业税），也写他的赏罚不分明。写第五代皇帝武帝刘彻，写他励精图治，开拓局面，也写他好大喜功、穷兵黩武，卖官鬻爵。这样的体例设置，以及这样的客观笔法，放在后世，恐怕是要掉好几回脑袋的。唐代的史学家刘知几，盛赞上边几位史官有"强项之风"，项是后脖颈子，意思不管怎么往下按，都是不肯低头的。

　　中国的史官制度，到唐代被李世民终结，改为史馆制度，意思是国家历史由一个人写，改为集体编撰，"领班大臣总知其务，书成进御"。宰相担任总撰官，史书写成后由皇帝审定。"以史制君""君史两立"的体统至此成为过去式。李世民为什么进行史官制度改革，说穿了，就是担心史官对自己下不好的历史结论，因为他是采用非正常手段登基做皇帝的。

　　史官存在的价值是督察政治，使社会清醒。如果历史学家集体闭嘴，不发出声音，放弃他们的责任和担当，苟活安命，或者去升官发财，这样的时代会失真的。

（摘自《读者》2017 年第 6 期）

# 一辈子只做好一件事

祝小兔

手艺人是一个阶层。

只是这个阶层无比特殊，幸福感极强。在这个群体中，人是为了一门手艺打磨一辈子，至死方休的。世界之大，选择之多，手艺人只委身于其一。所以，这个阶层更像是一种境界，达此境界，一切泰然。

不为世俗标准而活，其实是很难得的，需要很强大的信念，去树立自己的价值观体系。人生本该多样。在手艺人那里，人生都很慢，一辈子只做好一件事，一生只爱一个人。没有谁知道自己能活多久，多活一天，就能多做一天自己喜欢的事。因为有一门专注的手艺，才不会为时间的消逝而恐慌，时间的作用是为手艺加冕。人本来就是这么简单，很小的事情，用生命去投入，就会有永恒的价值。

不只为谋生，而是人生价值的追索。这些价值是不能用常人的计算标准去衡量的。

　　他们有人拙，有人痴。有些是旧时代传承下来的手艺人，做着与社会脱轨的工作；有些是新时代的手艺人，更接近设计师甚至艺术家。有些是运用各式各样的技巧，有些以手艺为生，有些则把手艺作为生命的调剂，以抵抗这个时代的仓促，消减这个时代的无力感。

　　炫耀技巧就失去了灵魂。

　　尽管都在竭尽全力地呈现最好的技艺，但任何时候，技巧都不是最重要的。它是润物细无声的东西，是承托情感的无形之手。如果我们见到他们的作品并感到震撼，那么他们便不需要解释其中的一道道工序，可我又不舍得忽略这其中他们的付出和努力。但我相信，最高的技巧就是看不出技巧，或者说技巧都含在了作品之中。

　　无论是什么，不必拘于贵贱，哪怕是最不起眼的普通物品，在善用者手里，都像有了灵魂。打动我们的，不是他们能做出如何巧夺天工的物件，而是手艺人深刻理解材质的本性，顺意而为。

　　他们的手艺虽然毫无关联，却又息息相通。他们要专注于手艺，同时要有手艺之外的东西，这是让他们与众不同，也是让我无比着迷的地方。

　　他们从不省略，不做减法，不怕重复。他们是要有一些我行我素的个性，甚至是一厢情愿，才能避开纷扰，抵挡诱惑，忍受得了孤独和重复，并怀有一颗偷着乐的心。

　　在每门手艺中，我都能感觉到禅意，这是手艺人对这个世界最深情的表达。

（摘自《读者》2018 年第 3 期）

# 面对无望

宁　白

　　身边有这样一个人。

　　他从农村来，在城里读书，毕业后去了一家公司当会计，要娶公司一位花容月貌的女子。可恋人的母亲不甘心：农村的、矮个儿，自己的女儿怎么能嫁给这样的男人？比他大一岁的女子，却跟定了他。

　　等他人到中年时，先是儿子出了状况，患上一种很少见的神经系统疾病，行走困难，不停地摇头，表达不畅，生活难以自理，只能在家养着。还好，夫妻两个人照顾一个孩子，还过得去。至于孩子的前途，不去想了。

　　没过多久，他的妻子得了恶性脑肿瘤，幸好是早期，手术切除。他往返于家、医院，两头管着，忙，累，但还有希望。说起妻子的病，他并没有沮丧。

　　这微弱的希望维持了几年，妻子又患上甲状腺癌，再做手术，也还好，仍是早期，而且并不是脑癌转移所致。他心里仍存着希望。这希望的火苗有多大？从他的脸上看不出来。每天早上，菜市场、厨房、医院，再去上班。中午，回家，给儿子烧饭，自己也混上一口。下班，再去医院。

　　妻子回家养了没多久，突然摔倒中风，又发癫痫，不能言语，无法行走了。躺在康复医院的病床上，两眼直瞪瞪地望着他，叫不出他的名字。妻子偶有一醒，说："我不愿再回家了。"

　　从此，这"希望"两个字，他不敢去想了，它飘去了找不到的地方。生活之路，生命之途，也无法往前看了。

　　那一次见到他，看他精神尚好。我劝他保重。他说："还好，还好。"他向我复述每天家、菜市场、医院、单位、家、医院的行走路径。我听了有点儿喘不过气，发现他隐约地透露着疲惫。

　　这疲惫，不仅仅是身体的累，而是让"希望"这两个字搅的。一个男人，为两个最亲密的人，每天马不停蹄地奔波，又远远地避开"希望"这两个闪着亮光的字时，能靠什么去抵御劳累？

　　他曾经说，事情总得一件一件做，这是没办法的。老婆、儿子的病情，他不说会好起来，也不说会坏下去。他只想着今天该做的一件一件的事，要怎么做。

　　言谈之间，他从来没有说过"责任"这个词。"责任"显得太硬，生活中，太硬的承受往往会加重疲劳，而且容易折断。

　　那一次，他说了几句过往和妻子在一起时的情景，还算红润的脸庞上便泛出浅浅的笑容，犹如在一块巨石重压之下，于缝隙间开出的一朵淡淡的花。这让我觉得，他劳累的身体，被一种情感滋养着。这种情感，是年轻时的爱情与年长后的亲情相叠加的结果，柔软且具韧性。

　　这是他的精神支柱，也成了长燃于他心中的火，逼退了角落里那些无望的灰暗。即便看不见远方的希望，心中的温暖，也足以让这个男人每天跨出家门时，挺直腰板，步履坚定。

（摘自《读者》2021 年第 19 期）

# 安静的力量

张　炜

传说中的八个神仙开悟得道以后，由蓬莱一带驾云过海，往三仙山飘然而去了。这个故事其实就来自齐国人最高的生存理想，即早日做个神仙。修炼和思悟，迷恋丹丸，并最终得以超凡脱俗，移民到神仙界里去，这是许多人梦寐以求的事情。这和徐福当时游说秦始皇的口径是一致的。徐福自己半是幻想半是现实地实践了几次，最后真的率领一支浩大的船队驶入了茫茫大洋，再也没有回来。

胶东以至于海内许多地方，至今还能找到一些高人静修之地。这些地方有的是有名的观和寺，有的是深山僻处，有的直接就是洞穴。莱国古地的遗风一直流传至今，直到现在，保留在民间的还有各种各样的修持，私下传递各种秘方以及喜好膏丸丹散的，仍大有人在。20世纪70年代的农村赤脚医生制度，就曾经和这样的传统在一定程度上结合起来，于是那时随处可见一根银针一把草的简陋诊治方法，与一些深奥奇妙的修炼方法兼施并用。有时神汉巫婆同时也是赤脚医生。乡村里随处可遇太极高手、武功师之类的人。在集市上，貌不惊人的卖菜老农很可能身怀绝技，一时兴起，能够于静默片刻之后，当众挥臂断石。

莱国大地上曾经遍布民间的禅房，是人们实践安静修身之所。许多人都懂得，只有安静下来，内在的力量才会一点点集聚和滋生出来。有人忙碌一天之后，于空闲里盘腿坐在炕上，双眼微眯，两手抚膝，让气息徐缓深长起来。这种情形是常见的，至今也是如此，已经成为他们缓解劳累的一种方法，一种习惯的姿态。由于莱国人于两千多年前频繁移民东海，所以日本韩国等地盘腿而坐的人与胶东一样多，而且诸多风俗气质也极为相似。

安静的方式及其焕发力量的功能，是齐国东部方士们发现和传布的。这种方式又与后来的佛教禅事融合起来，二者嫁接得天衣无缝。安静作为一种文化，已经极大地影响了人们的日常生活和行为方式，还有各种艺术。能够安静下来的人，通常被视为极有力量、起码是潜藏了某种大能量的人，这种人或者体能过人，或者思想过人。

古人的茶道、围棋、抚琴，都以安静功课为根底，传递出一种深长的静思意味。直到现在，如果能遇到一个修养极高的老者，看他品茶下棋，或者听他弹琴，会发现流露在外面的表演招式几乎没有，只给人流畅舒服的感觉，十分熨帖。这种举止甚是高雅，同时又很朴素，一点做作都没有。就连武术也是如此，凌厉的肢体动作都是配合呼吸，在沉静的气息间隙里有节奏地展开的，如果在这些动静结合上稍有紊乱，也就全糟了。

大诗人杜甫有一篇名作《观公孙大娘弟子舞剑器行并序》，写的就是名家弟子表演剑舞的情景。大舞蹈家公孙大娘是唐玄宗时代的宫廷艺人，最擅长舞剑，舞的时候要穿严整的军服。她舞技精绝，令人叹为观止。杜甫说当年的草书大家张旭，就是观看公孙大娘的舞剑才顿悟的，从而使自己的草书大有长进。没有什么语言比大诗人的文字更为出神入化："来如雷霆收震怒，罢如江海凝清光。"从极度的暴怒狂野，到一瞬间清水凝止的安谧，是何等的节奏、何等的动与静。这期间必然配合了舞者的呼吸，表现了她超绝的功力和一颗沉静的心。

安静是浮躁的对立，而浮躁来自对欲望的追逐。安静是生命的力量，也是生命的艺术。生长于这种文化土壤的艺术，骨子里是安静的。比如说京剧，尽管有震天的锣鼓，它给人的综合感觉仍旧是安静的。戏中人的体态韵律、念白以及音乐，都给人这种静远超脱的享受。中国的古诗和美文，也无不如此。无论是台上戏文的念唱或供案头枕边阅读的文字，都留下了或隐或显的气口，这些气口就是为呼吸准备的，是艺术创造者沉潜的痕迹。

这时的安静会化为无所不在的东西，从舞台人物的一招一式、从唱词和音乐，也从文字间透露出来。

西方的艺术暂时还不好说。但东方的艺术确是这样的，总的趋势是静。不仅是戏剧和诗文，更有绘画和书法，其中的上品莫不有安静的气质。吵吵闹闹的往往是一些更通俗的艺术，但即便是这样逗乐打趣的技艺，做到了极致，也会给人一种安静感。

古人举大事之前往往要有一个仪式，就是沐浴更衣，焚香独守。这无非是使自己处于一个相对超然的空间，以摆脱世俗之扰，求得一种沉潜。因为只有这样才能获取力量，一种内在的力量，而不是虚浮的力量。有了这样的力量，定在一个地方可以牢实不倚，移动出走也会步步踏实。

可见，一种自觉不自觉的禅性，就这样贯彻在许多人的日常生活当中，以至于化为莱国人的习俗，流传很广。直到现在，胶东地方也还能看到这种情形。

（摘自《读者》2010 年第 1 期）

# 荒野之鹰

简 媜

"宁愿是荒野上饥饿的鹰，也不愿做肥硕的井蛙！"职是之故，我学会了捆绑行李。

总是独自走上生命的每个阶段，在全然陌生的环境中开始安顿自己。小学毕业，明明附近有所国中，我却跑到离家40分钟车程的国中就读。好不容易与同学老师熟了，附近也有几所高中可供选择，我却大胆地跟导师讲："我要去台北考高中！"

第一次，我知道北一女、中山、景美等学校，我问老师志愿填写顺序，他不太确定，但终于帮我排妥。他没问万一考上了我怎么安顿？我也没提，那是我自己的事。我拿到准考证，回家才跟家里提起，家人一向不管我的功课。

那时父亲刚去世两年，母亲出外工作兼了父职，阿嬷管田地、家园，我是老大，弟弟妹妹还在上小学。谁管得到我？也不需任何人叮咛，我跟老天爷杠上了，赌一口气对自己讲："你要是没出息，这个家就完了！"

15岁，捆了今生的第一个行李，然后屋前厝后，巡了一趟，要狠狠记住家的样子。记得当时独自躲在水井边哭了一场，仿佛忽然长大了五岁。我不嫉妒别人15岁仍然滚入父母怀里，睁着少女的梦幻眼睛，而我却得为自己去征战，带刀带剑地不能懦弱。

所以，孤伶伶地在台北寄人篱下，每天花三个钟头在学校和亲戚家来回。那时，校内的读书风气不盛，许多人放学后赶约会、跳舞、逛士林夜市，情况好的赶补习班。我没有玩的权利，也没经费参加课外补习。还是那副硬脾气，就不相信出考题的能撂倒我，非上好大学不可。

这样逼自己，正常的十七八岁的身心也会垮的。平常，没谈得来的朋友，她们追逐影星、交换情书，我没兴致；想谈点生命的困惑与未来的梦想，她们打不起精神。我干脆跟稿纸谈，谈迷了就写文章、投稿，成天在第二堂课后冲到训导处门口的信箱，看有没有我的信。若是杂志社寄来刊稿消息，我会乐得一看再看，看到眼眶泛红；大报副刊寄回退稿，则撕得碎碎的喂垃圾桶。我想："总有一天……"为了那一天，吃多少苦都值得。

我做事一向劲道猛，干什么非弄得了如指掌不可。迷上写作，连带搜别人的作品，看得眼睛出火。他们写得好，我写不好，道理在哪儿得揪出来才能进步。常常捧着两大报副刊上的名家作品，用红笔字字句句勾画。我不背它们，我解剖它们，研究肌理血脉，渐渐悟出各有各的路数，看懂名家也有松松垮垮的时候。那时很穷，买不起世界名著，铁了心站在书店速读，《红字》《流浪者之歌》《泰戈尔全集》《高加索故事》……有些掏钱买了，其余的则浏览，希望将来变成大富翁全"娶"回家，看到眼瞎也甘愿。"世界太大，生命比世界更大，而文学又比生命辽阔！"我决心往文学之路上走，不回头。

缺乏目标的年轻生命好比海上漂舟，而我知道自己的一生要往哪里去。考大学只是眼前目标，我知道为什么必须上大学：不是依社会价值观、师长期待或盲目的文凭主义，而是依自己对生命的远大梦想。

高二暑假，我写了一封信回宜兰，告知家里：

> 我已从亲戚家搬至大屯山学校附近的别墅，月租三百元，由于没钱上补习班，必须靠自己拟定"大学联考作战计划"，因此今年不回家割稻了。身上尚有稿费及打工赚得的钱987块，够用两个月了。
>
> 请家里放心，我会打胜仗的。

每天，依例凌晨四点起床早读。按照作战计划，这个暑假必须总复习所有科目并预读高三功课，至少做一遍从各补习班和明星学校搜集的题库、试卷及历年联考试题，并且每隔半月"验收实力"——看自己能考上哪一个"混账学校"。

想睡觉，不行。我开始思考打仗应该用智慧，光靠死拼岂不是"义和团"！

思考为什么叫人啃一头死牛没人要吃，煎成小牛排就美味得不得了。于是，把"作战计划"改成"大学联考料理亭"，依据自己的兴趣及胃纳，按照清醒到昏沉的时刻表安排筵席。

所以，"历史"变成了探险志，身穿古装的我恣意穿梭于时空隧道，采访秦始皇谈如何吞并六国，跟汉武帝吃饭谈外患问题，陪成吉思汗溜马，指着光绪骂："你这个懦夫，干吗那么怕慈禧，你不会派刺客把她'解决'掉吗？"

"地理"也好办，那是我跟心爱的白马王子周游世界的旅行见闻。"数学"，确实有点伤脑筋，三角函数实在不像个故事。"三民主义"，决定留到联考前一个月，再以革命心情奋战，效黄花岗七十二烈士。

某日午睡，梦到自己只考了两百多分，沮丧极了，害怕这一生就这么成为泡沫。夜晚，虫声四起，前途茫然的孤独感占满内心，在日记上写着："我会去哪里？我会去哪里？"

抽屉里有一叠没写完的稿子，想往下写，又收进去，索性把专放稿件与写作大纲的抽屉贴上封条，仿佛唯一的财产被法院查封。

如此安顿之后，升高三，当同学们一个个迸发高三杂症，勉强念书，或奔波于各补习班，像只无头苍蝇，我却笃定得像块磐石，心稳稳地纹丝不动，继续按自己的作息方式安排读书计划。虽然高三下学期的课堂考试成绩糟透了，但我摒弃老师的授课进度及测验计划，照自己的时间表走，不急、不慌，从不脱序。我读书喜欢问"为什么"，然后思考答案。有时"国文"里的问题必须从"历史"里找解答，"历史"里的疑问，可以从"地理"里得到线索。活读比死背深刻，而且有乐趣。如此一遍遍地读到胸中如有一面明镜，且国文、历史、地理知识相互串联、佐证，活生生如能眼见一朝一代风华。联考前一个礼拜，同学们灰头土脸、乱了军心，熬夜赶进度；我却无事可干，反其道而行，逛市场吃红豆冰、买番茄弄蛋炒饭，早晨、黄昏到山径散步，过几天舒服日子。

联考那日，大多数人像进了刑场，我却觉得像园游会。听说有同学拿到试卷，眼前发黑、手心冒汗、下腹绞痛，我觉得不可思议。我太稳了，拿到国文、历史、地理试卷，觉得像在考小学生，暗笑出题老师怎么出这种简单的题目！钟响后，同学们纷纷翻书找标准答案或发出哀嚎声，或在家人面前忧心忡忡。我没人陪考，也觉得家人陪考像组"进香团"，只会乱了军心。我一本书也没带，考过就算了，不再想它。闲得没事干，买瓶汽水边走边喝，像个巡逻员。

没发榜，我已算出自己能到台大，就算科系不理想，选个学风自由的大环境也不错。我想到一个人才荟萃、高手辈出的大环境逼自己成长，所以，台大文学院的六个系全填了。老师看到我的志愿单，直皱眉头，认为那简直是没主意的人的手笔，但我仍坚持从头填到尾。发榜后，在赁居的小屋打点行囊，天地一下子开了。三年高中生活留下的日记、写的文章，一把火烧了，我的青春岁月在火光中、泪眼里化为灰烬。那些忧喜苦乐全不用计较，也无须保存，我知道自己又要去陌生地方从头开始，就像过去的每个阶段，命运交给我一张白纸一样。

在不断漂荡中，感到自己的生命有了重量与意义是最大的收获。我太早离开家庭的保护，学会了独立和为自己的生命做主。虽然无法像一般人那样拥有快乐的青少年时期，可是也学到同龄人学不到的，那就是如何做一只在荒野上准备起飞的鹰。当一切匮乏、无人为我支撑时，我惊讶自己能"无中生有"，磨砺出各种能力，守护自己。这样的训练比考上心目中的大学更重要。年轻生命蕴涵各种潜力，愈早自我开发愈能早日起飞。每个人成长的困境不同，但我仍然相信，对生命的热爱、对梦想的不懈追寻，会引领我们脱离困境。

如今回想高中生涯，短短三年，却把我一生的重要走向都确定了：我如愿转入中文系，如愿成为作家。少年时，怨怼老天，现在懂得感谢。因为，当它赐给你荒野时，意味着它要你成为高飞的鹰。

（摘自《读者》2010 年第 13 期）

# 生命的尊严

程 玮

你从哪里来？

当然，你从你的父亲和母亲那里来。

这是一个准确而简单的回答。

现在，我们从你这一代开始，往上追溯。你父母各有自己的父母。所以你有爷爷、奶奶、外公、外婆四个。

我们再往上追溯，他们四个各自有自己的父母，你于是就有了四个太祖父四个太祖母。这八个人各自有自己的父母。你的祖先现在已经变成十六个。

以此类推，往上追溯十代人，你的祖先已经变成一千多人。如果再继续往上追溯，比如说，我们追溯到 1628 年。那时你的祖先加起来已经是好几千人。

那一年，中国爆发了明朝农民起义。你的几千个祖先当时如果走到一起，将是一支蔚为壮观的农民起义队伍。在那个多难动荡的时代，你的几千个祖先生活在充满灾难、饥荒、瘟疫和战争的世界里。他们离死神只有一步之遥，他们存活的概率或许只是百分之一，甚至是千分之一。

在这样恶劣的生存环境中，唯有生命力最强盛、最聪明、最幸运的人，才能够侥幸存活下来。假如在1628年你那几千个祖先中间有任何一个早亡，你家族生命链上的一个环节就脱落了。那么，在当今世界，就不可能有你。

可是，他们竟然全部都生存下来了！一代一代，绵延悠远，生生不息，薪火相传。

于是，就有了你。

你是一个普通的人，但你同时也是天地的精华，生命的奇迹。

一个人的出生和死亡，如同日出和日落一样庄严辉煌。在欧洲的农村，当一个孩子出生的时候，村上的小教堂会钟声长鸣，向人们宣告一个生命的到来；当一个人离开世界的时候，教堂也会为他敲响丧钟，向人们宣告一个生命的离去。来的和去的，都应该对世界有一个清楚明白的交代。这就是生命应有的尊严。

生命的尊严其实并不属于某一个单独的人，它属于一个历史悠久的宏大的群体。这个群体从远古走来，通过你，还将走向更远的未来。

这个群体，其实就是人类，就是我们自己。

在这个意义上，尊重别人的生命，也就是尊重我们自己。

（摘自《读者》2010年第17期）

# 人不炼，不成器

*杨　绛*

人有优良的品质，又有许多劣根性杂糅在一起，好比一块顽铁得在火里烧、水里淬，一而再、再而三，又烧又淬，再加千锤百炼，才能把顽铁炼成可铸宝剑的钢材。黄金也需经过烧炼，去掉杂质，才成纯金。人也一样，我们从忧患中学得智慧，苦痛中炼出美德。

孟子说："故天将降大任于是人也，必先苦其心志，劳其筋骨，饿其体肤，空乏其身，行拂乱其所为，所以动心忍性，曾益其所不能。"就是说，如要锻炼一个做大事的人，必定要叫他吃苦受累，百不称心，才能养成他坚忍的性格。一个人经过不同程度的锻炼，就获得不同程度的修养、不同程度的效益。好比香料，捣得愈碎，磨得愈细，香得愈浓烈。这是我们从人生经验中看得到的实情。谚语"十磨九难出好人""人在世上炼，刀在石上磨""千锤成利器，百炼变纯钢""不受苦中苦，难为人上人"说的都是以上道理。

我们最循循善诱的老师是孔子。《论语》里孔子的话，都因人而发，从来不用教条。但是他有一条很重要的教训。他的弟子，怕老师的教训久而失传，在《大学》里记下老师二百零五字的教训。其中最根本的一句是："自天子以至庶人，壹是皆以修身为本。"修身，不就是锻炼自身吗？

修身不是为了自己一身，是为了齐家、治国、平天下。平天下不是称王称霸，而是求全世界的和谐和平。有的国家崇尚勇敢，有的国家高唱自由、平等、博爱。中华古国向来崇尚和气，"致中和"，从和谐中求"止于至善"。

要求世界和谐，首先得治理本国。要治国，先得齐家。要齐家，先得修身。要修身，先得正心。要摆正自己的心，先得有诚意，也就是对自己老老实实，勿自欺自骗。不自欺，就得切切实实了解自己。要了解自己，就得对自己有客观的认识，所谓格物致知。

了解自己，不是容易的事。头脑里的智力是很狡猾的，会找出种种歪理来支持自身的私欲。得对自己毫无偏爱，像侦探调查嫌疑犯那样窥视自己，在自己毫无防备毫无遮掩的时候——例如在梦中、在醉中、在将睡未睡的胡思乱想中，或心满意足、得意忘形时，捉住自己平时不愿或不敢承认的私心杂念。在这种境界，有诚意摆正自己的心而不自欺的，则会憬然警觉："啊！我自以为没这种想头了，原来是我没有看透自己！"一个人如能看明自己是自欺欺人，就老实了，就不袒护自己了。这样才会认真修身。修身就是管制自己的情欲，超脱"小我"，从而顺从灵性良心的指导。能这样，一家子就可以很和洽。家和万事兴。家家和洽，又国泰民安，这就可以谋求国际的和谐共荣、双赢互利了。在这样和洽的境界里，人类就可以齐心追求"至善"。这是孔子教育人民的道理，孟子继承、发挥并充实了孔子的理论。我上文所讲的，都属"孔孟之道"。

修身——锻炼自身，是做人最根本的要求。天生万物的目的，该是为了堪称万物之灵的人。但是天生的人，善恶杂糅，还须锻炼出纯正品色来，才有价值。这个苦恼的人世，恰好是锻炼人的处所。好比炼钢的工厂，或教练运动员的操场，或教育学生的教室。这也说明，人生实苦确是有缘故的。

（摘自《读者》2008 年第 15 期）

# 一个人，在路上

当年明月

徐宏祖出生的时候，是万历十五年（1587 年）。

在这个特定的时间出生，真是缘分，但外面的世界，跟徐宏祖并没有多大关系。他的老家在江阴，山清水秀。

当然，清净归清净，在那年头，要想出人头地、青史留名，只有一条路——考试（似乎今天也是）。徐宏祖不想考试，不想出人头地，也不想青史留名，他只想玩。

按史籍说的，他从小就好玩，且玩得比较狠，比较特别。他不扔沙包，不滚铁环，只是四处瞎转悠，遇到山就爬，遇到河就下。人小，胆子却大。

刚开始，他旅游的范围主要是江浙一带，比如紫金山、太湖、普陀山等，后来愈发勇猛，又去了雁荡山、九华山、黄山、武夷山、庐山等。

但是这里，存在一个问题——钱。

旅行家和大侠的区别在于，旅行家是要花钱的，大致包括以下费用：交通费、住宿费、导游费、餐饮费、门票费，如果地方不地道，还有个挨宰费。

徐家是有钱的，只是有点儿钱，没有很多钱，大约也就是个中产阶级。按今天的标准，一年去旅游一次，也就够了，但徐宏祖的旅行日程是：一年休息一次。

从俗世的角度来看，徐宏祖是个怪人，这人不考功名，不求做官，不成家立业，按很多人的说法，前程是毁了。

我知道，很多人还会说，这种生活荒谬，不符合常规，不正常，这种人脑筋缺根弦，精神有问题。

我认为，说这些话的人，是吃饱了撑的。人只活一辈子，如何生活是自己的事，自己这辈子浑浑噩噩的，没活好，还厚着脸皮来指责别人。

徐宏祖旅行的唯一阻力是他的母亲。他的父亲去世较早，剩下他的母亲无人照料。圣人曾经教导我们：父母在，不远游。所以在出发前，徐宏祖总是很犹豫，然而他的母亲找到他，对他说了这样一番话："男儿志在四方，当往天地间一展胸怀！"

就这样，徐宏祖开始了他的伟大旅程。

他二十岁离家，穿着布衣，没有政府支持，没有朋友帮助，独自一人游历天下二十余年。他去过的地方，包括湖广、四川、辽东、西北，简单地说，全国两京十三省，全部走遍。

他爬过的山，包括泰山、华山、衡山、嵩山、终南山、峨眉山，简单地说，你听过的他都去过，你没听过的他也去过。

此外，黄河、长江、洞庭湖、鄱阳湖、金沙江、汉江，几乎所有的江河湖泊，他全部游历过。

在游历的过程中，他曾三次遭遇强盗，被劫去财物，身负刀伤；还由于走进大山，无法找到出路，数次断粮，几乎饿死。最悬的一次，是在西南。

当时，他前往云贵一带，结果走到半路，突然发现交通中断，住处被土著围住。过了几天，外面又来了明军，双方开战。徐宏祖好歹是见过世面的，跑得快，总算顺利脱身。

在旅行的过程中，他开始记笔记。每天的经历，他都详细记录下来。鉴于他本人除姓名外，还有个号，叫做霞客，所以后来他的这本笔记，就被称为《徐霞客游记》。

崇祯九年（1636 年），近五十岁的徐宏祖决定再次出游。这也是他最后一次出游。

正当他考虑出游方向的时候，一个和尚找到了他。

这个和尚的法号叫做静闻，家住南京。他十分虔诚，非常崇敬鸡足山迦叶寺的菩萨，还曾刺破手指，用血写过一本《法华经》。

鸡足山在云南。当时云南的鸡足山，算是蛮荒之地，啥也不通，要去，只能走着去。

很明显，静闻是个明白人，他知道自己要是一个人去，估计到半路就歇了，所以必须找一个同伴。

徐宏祖的名气在当时已经很大了，所以静闻专门找上门来，要跟他一起走。对徐宏祖而言，去哪里，倒是无所谓的事，就答应了他，于是两个人一起出发了。

他们的路线是这样的：先从南直隶出发，过湖广，到广西，进入四川，最后到达云贵。

还没到达云贵，在湖广就出事了。

走到湖广湘江（今湖南），没法走了，两人坐船准备渡江。

渡到一半，遇上了强盗。

对徐宏祖而言，从事这种职业的人，他已经遇到好几次了，但静闻大师应该是第一次。这次遭遇的具体细节不太清楚，反正徐宏祖赶跑了强盗，静闻却在这次遭遇中受了伤，加上他的体质较弱，刚撑到广西，就圆寂了。

徐宏祖停了下来，料理静闻的后事。

由于路遇强盗，此时徐宏祖的路费已经不足了，如果继续往前走，后果难以预料。

所以当地人劝他，让他放弃前进的念头，回家。

徐宏祖跟静闻素不相识，说到底，也就是个伴儿，各有各的想法。静闻没打算写游记，徐宏祖也没打算去礼佛，实在没有什么交情。而且我还查过，他此前去过鸡足山，这次旅行对他而言，并没有太大的意义。

然而他决定继续前进，去鸡足山。

当地人问他："为什么要去？"

徐宏祖答："我答应了他，要带他去鸡足山。"

"可是，他已经去世了。"

"我带着他的骨灰去。答应他的事情，我要帮他做到。"

徐宏祖出发了，为了一个逝者的愿望，为了实现自己的承诺，虽然这个逝者，他并不熟悉。旅程很艰苦，没有路费的徐宏祖背着静闻的骨灰，没有任何资助，只能住在荒野，靠野菜干粮充饥。为了能够继续前行，他还当掉了自己所能当掉的东西，只是为了一个承诺。就这样，他按照原定路线，带着静闻的骨灰，翻越了广西十万大山，然后进入四川，越过峨眉山，沿着岷江，到达甘孜松潘；又渡过金沙江、澜沧江，经过丽江、西双版纳，到达鸡足山。

在迦叶殿里，他解开了背上的包裹，拿出了静闻的骨灰。

到了，我们到了。

他郑重地把骨灰埋在了迦叶殿里。在这里，他兑现了承诺。

然后，他应该回家了。

但他没有。

从某个角度讲，这是上天对他的恩赐，因为这将是他的最后一次旅途，能走多远，就走多远吧。

他离开鸡足山，又继续前行，行进半年，翻越了昆仑山；又行进半年，进入藏区，在那里游历几个月后，踏上归途。回去没多久，就病了，估计是长年劳累所致。

他终究病倒了，没能再次出行。崇祯十四年（1641年），徐弘祖病重逝世，享年五十四岁。

他所留下的笔记，据说总共有两百多万字，可惜没有全部保留下来，留存的大约有几十万字，被后人编成《徐霞客游记》。

在这本书里，他记载了祖国山川的详细情况，涉及地理、水利、地貌等，被誉为17世纪最伟大的地理学著作，被翻译成几十种语言，流传世界。

其实讲述这人的故事，我只想探讨一个问题：他为何要这样做？没有资助，不被承认（至少生前没有），没有利益，没有前途，放弃一切，用一生的时间，难道只是为了游历？

究竟为了什么？我很疑惑，很不解，于是我想起另一个故事。新西兰登山家希拉里，在登上珠穆朗玛峰后，经常被记者问到一个问题：你为什么要登山？他总不回答，于是记者总问，终于有一次，他给出了一个让所有人都无法再问的答案：因为它（指珠峰）在那里！

其实这个世上有很多事本不需要理由。

我想说的是：按照自己的方式去度过人生。

（摘自《读者》2010 年第 19 期）

# 包公脸上的指痕

王　钢

那一片指痕，光滑、坚硬、冰凉，凹陷在一块石碑上，凹陷在我的记忆里。

那天正逢开封菊花花会，满城尽带黄金甲，天南地北的一群作家共游花海。菊香深处，我无意之中触摸了它。

在堂堂"开封府"，大门右侧的亭子里，矗立着一通两米多高的石碑——开封府题名记碑。碑上密密麻麻镌刻着一份名单，竖排，一共183人。在北宋时代，从建隆元年至崇宁四年的一百四十多年里，他们是坐镇首都的历任开封知府。183张古旧的面孔，拥挤在不足1米宽的碑面上，表情不一，风貌各异，却都峨冠博带，声威赫赫，惊堂木的拍击声从一旁大殿中隐隐传来。

这个群体中，藏着不少震古烁今的名字。导游上上下下地指点，作家们饶有兴致地一一辨认：性格豪爽风趣、以"背靴"故事脍炙人口的寇准；"先天下之忧而忧，后天下之乐而乐"的《岳阳楼记》作者范仲淹；人品忠直、书艺高深的蔡襄；集政治家、文学家于一身，名列"唐宋八大家"的欧阳修；既是奸佞之臣，书法又列苏、黄、米、蔡"宋四大家"的蔡京；与哥哥王安石政见不同的弟弟王安礼……

还有，还有，大家的目光显然并不满足，仍在逡巡，仍在搜寻，寻找一个最有代表性最具象征意义的终极——包拯！大宋开封府里怎么能没有他呢，所有历史都绕不过去的包拯，老百姓心目中不可或缺的包拯！然而，没有，石碑名单上没有这个名字。

包拯确实曾经执掌开封府。北宋的嘉祐年间，在这座开封府中，不仅有他的大印、他的宝座，还有传说中那忠心耿耿的王朝、马汉，那威风凛凛的龙头铡、虎头铡、狗头铡——他的名字到哪里去了？

导游指着石碑上第三排名字中间的一片空白，说："这是第93任开封知府包拯。"

空白？这片空白，竖行宽约寸余，几乎成了一个凹坑，因为磨得油黑发亮，所以虽然无字，在斑驳的碑面上却反而更加突出了。

为什么，历任开封知府中，独独包拯的名字被人磨掉？

一位北京来的作家发挥想象："是不是因为包拯开罪权贵太多，仇人出于泄愤，有意把包公的名字凿去了？"

"不是。"导游讲述真实的来历，"包公的名字是被抚摸掉的，是被历朝历代的游人百姓抚摸掉的。"

碑上最初是刻有包拯的名字的。来自浙江的作家叶文玲和我同时摸着凹痕的边缘，她说，这里还剩有"包"字横折弯的一角；我说，这里还隐约可见"拯"字一捺的末梢……

　　包拯的名字，消散如烟，融化如水。坚硬如铁的石碑，人的手指需多少遍才能将它磨成这样！

　　据说，这块开封府题名记碑的原碑，现藏于开封市博物馆。原碑上面的"包拯"，就已经被宋代的百姓抚摸出了深深的指痕，远在南宋时期，就曾有人记述："开封府尹题名，独包孝肃（包拯卒后，朝廷赠礼部尚书，谥号"孝肃"）姓名常为人所指，指痕甚深。"如今，"开封府"的这块仿碑，将古人的指痕如实复制下来了。而今天的游人百姓，又将新鲜的指痕一层一层地覆盖上去，将这处凹痕磨得更新，磨得更深。

　　悠悠九百年，手指犹如潮汐一般，一阵阵，一遍遍。爱抚这个名字，就好像爱抚在包公的脸上，触摸着那一张黝黑的面孔，触摸着那一把苍黑的长髯，触摸着体温，触摸着脉搏。人们就这样用自己的手指来拥抱他，遮护他，感知他，热爱他。这些手指之中，有老人的，有孩童的，有男子的，有妇人的，有英雄好汉的，有文人雅客的，有农民的，有工匠的，有贩夫走卒的……然而我想，其中最多的，大概还是含冤受屈求告无门的手指，还是十指苍苍长着老茧的手指。它们粗拙糙硬，用力又重，长呼一声"黑脸包公青天大老爷啊"，手指扑落，磨下去就更深更深吧！

　　开封乃皇都重地，北宋朝廷当然格外用心，所以，一百四十多年里换了183任知府，平均每任执政不足一年。包拯担任开封知府的时间算是长的了，也仅有一年零四个月。然而，在华人世界的戏文诗墨中，在历朝历代的老百姓心里，包公的故事已誉满天下，包公的故事已传扬千年。

　　回望石碑，文学评论家孙荪意味深长地说，包拯在开封府只有一年多，焦裕禄在兰考县也是一年多。

　　思绪一下子穿透了岁月的壁垒，贯通了古今。

包拯任开封知府的时间，是从北宋嘉祐二年三月到次年六月，这是他一生最酣畅的一次迸发。

焦裕禄任兰考县委书记的时间，是从1962年12月到1964年5月，这是他一生最决绝的一次绽放。

是的，世人常叹人生苦短，即使荣华富贵，一生也只一瞬；然而，包拯、焦裕禄这样的人，公正为民，清廉秉政，无私无畏，鞠躬尽瘁，被人民铭刻在心碑上，被百姓传承在口碑里，官声名誉不在于任期长短，光芒喷薄不在于时间局限，对于他们来说，一年就是千年万年，千秋不朽，万古不灭。

"开封府"的这块石碑，也是历史奖赏包拯的一块无字碑。

将来，还会有更多更多的手指伸过来，抚摸石碑上的这个空白，留下敬畏的指痕，温暖的指痕，心疼的指痕……

我把手指放入这一片光滑、坚硬、冰凉的凹痕中。

（摘自《读者》2008年第6期）

# "拗相公"王安石

木 风

从仁宗时代的"市列珠玑，户盈罗绮，竞豪奢"，到徽、钦二帝的"靖康耻，犹未雪"，北宋王朝由盛而亡，只经历了短短100年时间。而这份亡国的罪状书，很久以来，都由王安石一个人背负着。

直到近代，对王安石的评价才有了转变。梁启超说他是"三代下唯一完人"，列宁称"王安石是中国11世纪的改革家"。

他和他的改革，真相到底如何？

## 最好的士大夫

王安石首先是个文人，一个文章和道德都无可挑剔的文人。

1041年，宋仁宗庆历元年，20岁的王安石从江宁（今江苏南京）出发，一路风尘仆仆，来到开封。当时的文化名流曾巩、欧阳修，一看他的文稿，惊为天人。第二年，科举应试之日，王安石的锦绣文章，被主考官一眼相中了。

卷子送到仁宗那儿后，发生了意外。一句"孺子其朋"，让仁宗皱了下眉头。这是周公训成王的话，意思就是"你这年幼的王啊，今后要和群臣融洽相处"。区区一个王安石，竟敢用这种口气对答天子考题。仁宗再读下去，觉得王安石文笔冷峻峭拔，很不对胃口，便把他降为第四名。

第四名就第四名吧。关键时候，人品立显。王安石没有酸溜溜地说状元本是我的，也没有矫情地说我本才疏学浅。总之，他严肃而平静地接受了平生第一个职务：淮南签判。

从这一天开始，他在地方上一待就是25年。他喜欢《周礼》，但他看的不是文学，而是政策。他爱看看那些上古的朴素政策，有哪些可用于眼下的政务。

在鄞县（今浙江宁波市鄞州区）当知县时，王安石走遍了14个乡，兴修水利，兴办县学。最重要的是，他开始尝试把官粮低息借贷给农民，秋收以后再还给官府——这是日后《青苗法》的第一次实地预演。正是这次试点的成功，让王安石坚信以《周礼》为蓝图的改革是可行的。

于是，王安石给仁宗写了一封万言书，情真意切地表达了自己对国家命运的种种思考。御书房内，人到中年的仁宗，翻开了这卷沉甸甸的奏折。久违的王安石风格扑面而来，冷峻如昨，犀利如常。

然而以温文尔雅著称的仁宗，正因后宫无子，整日被包拯、韩琦等一干老臣催问继承人问题，恨不得撞墙才好。万言书来得实在不是时候。

他冷冷地将奏章放回原处，仿佛王安石从来就没有呈递过。

得不到回应的王安石，心里也很清楚，变法时机还没到，他继续埋首于自己的改革试验田。朝中不少大臣如欧阳修、韩琦等，都非常赏识他，几番邀他入京，却被他一一回绝。

钦差把入京的圣旨带到了王安石家门口，他竟然极富想象力地躲进了茅房。钦差只好把圣旨放到桌上就走，而他抓起圣旨一路狂奔，还给了钦差。

在北宋这样一个崇尚文士精神的社会里，王安石无疑成了士大夫的领袖、精神的贵族。

## 最超前的改革家

1067年，年仅20岁的赵顼继位，是为宋神宗。20岁，对于现代人来说，还是上网聊天、结伴出游的青葱岁月。但是在940年前，这个毛头小伙子，已面临着内忧外患的夹击。《东京梦华录》记载的"八荒争凑，万国咸通"，《清明上河图》中的市井繁华，都是脆弱的表象。国库里没有一分钱，一年挣多少，就花多少，一个子儿也不剩。那么多官僚、那么多军队、那么多佛寺道观，一张张嘴都在等着钱，辽、西夏、金，侵之掠之，无一日安宁，开战也好，求和也罢，还是系于钱。

20岁的神宗，肩负着巨大的压力。他想创造一个比仁宗更好的时代，他想向世人证明自己也能收复山河、堪比汉武。他还是太子时，就对王安石的万言书推崇备至，现在，他迫不及待地召王安石回京。

那一夜，仿佛是周文王找到了姜子牙，刘备遇见了诸葛亮。

神宗急切地问：天下怎样才能大治？

王安石答道：先要选对施政的策略。

他又问：唐太宗的政策怎么样？

王安石肃然正色道：陛下应该效仿尧舜，何必要学唐太宗。

神宗的 1069 年变成了王安石一个人的舞台。他像一颗大彗星，拖着长而明亮的大尾巴呼啸而来，官拜参政知事（副宰相职），颁行《均输法》《青苗法》《农田水利法》《保甲法》《市易法》《保马法》《方田均税法》……权倾朝野，政界为之变色。当时的五个宰相里，除了王安石外，曾公亮年迈管不了事，亲历过范仲淹改革的富弼告病假，唐介没多久就死了，剩下一个赵抃叫苦连天。时人讽刺说：我们这五个宰相，正好是"生老病死苦"。

如果用我们今天的观点去看王安石变法的内容，其实是很有意思的。"天地所生货财百物，皆为定数"，财富不藏于民，就藏于国。王安石的变法，本质上就是让国家干预经济，达到聚富于国的目的。《青苗法》，官府是粮食的借贷银行；《市易法》，衙门做起了垄断生意；《均输法》，朝廷要进行中央采购；唯一得到众人赞同的《募役法》，就是劳役的货币化经营……你不得不惊叹，王安石，他的思想、他的政策，远远超越了他的时代。

超前，注定了王安石是孤独的伟大者，宣告了他的改革必将惨遭失败。

## 最拗的人

变法把北宋王朝拖入"党争"的旋涡，朝廷空前分裂。一边是"熙宁新党"，但除了王安石外，没有一个是正直的人，可以说，宋神宗和王安石是带着一群来路不明的人在办事。另一边是"保守旧党"，非但有司马光、苏轼这样的社会精英，还有韩琦、文彦博这批曾与范仲淹一起改革的旧臣。

不仅仅是他们的目光不及王安石深远，更大的悲剧源于改革者自身的性格。北宋谁人不知，王安石诨名"拗相公"？

他不梳洗就出门会客，看书时随手抓到什么就吃什么。有一次仁宗设宴，王安石面不改色地吃掉了茶几上的一盘鱼食。难得请客的包拯招待同事，连不胜酒力的司马光都喝了几杯，王安石却死活不举杯。

变法开始后，王安石性格里的拗劲，发展成一种实践理想的狂热，让他看不到政策执行中的问题。

比方说《青苗法》。青黄不接的春季，官府低息贷粮给农民，秋收后农民再按息还粮。王安石夸海口说，"民不加赋而国用足"，两全其美。

但结果呢？一个农民敲开了县衙的大门，官吏说，借粮？可以，先填申请表吧。农民是个文盲，花钱请了书吏，交了表，石沉大海。农民一咬牙，掏钱，给官吏好处费。到了还贷时，一算利息，好家伙，竟是原定两分利的35倍！王安石的改革至此成了一场黑色幽默。

老天也不作美。熙宁七年（1074年），大旱，民不聊生。宦官郑侠画了《流民图》献给神宗，哀哀哭泣：这是天怒人怨，只要您肯停止变法，十日之内必会下雨；如若没雨，我以人头抵欺君之罪。

这就是"宋朝第一忠谏"。神宗无奈，诏命：暂停《青苗法》《募役法》《方田均税法》《保甲法》等八项新法。

三日之后，倾盆大雨从天而降。

神宗站在御花园里，瞠目结舌；王安石站在皇宫门外，呆若木鸡。这场雨彻底浇灭了两个理想主义者心头熊熊燃烧的改革之火。王安石知道，他再不会有神宗倾其所有的信赖了。

罢相、复职、再罢。终于，王安石回到了江宁。在听到最受好评的《募役法》也停止推行后，他拂衣悲喊："亦罢至此乎？"1086年，王安石抑郁而终。

执着和固执、一往无前和一意孤行，就像硬币的两面。然而恰是这一种"拗"，让我们今天还能看到王安石可爱又可悲的背影。他像一个闯入官场的犟小孩，掀起了滔天党争，但"政敌"司马光依然敬重他的赤子心；他断送了北宋王朝，但后来的史书读懂了他的天才。

（摘自《读者》2008 年第 16 期）

# 人生即燃烧

王　蒙

从生命个体来说，我们能够支配的关键岁月不过那么几十年，然后再无第二次机会。对于人的一生来说，那就是机不可失，时不再来。生命由于它的短暂和不可逆性、一次性而弥足珍贵且神奇美丽。虚度这样的生命，辜负这样的生命，是多么愚蠢！一个人丢了一百元人民币都会心痛，那么丢失了生命中有所作为的可能，不是更心痛吗？

在儿童时期，人们的差异并不太大，大家都在同一条起跑线上。此后呢，差得就愈来愈远了。有的光阴虚度，深悔蹉跎；有的怨天尤人，闷闷不乐；有的东跑西颠，一事无成；有的猥猥琐琐，窝窝囊囊；有的胡作非为，头破血流……有几个人成功？有几个人满意？有几个人老后能够不叹息：少壮不努力，老大徒伤悲！

而人生的不同类型和不同的结局，大体上在青年时期就可以看出点端倪来的。青年时代，谁不愿意投入生活、投入爱情、投入学习、投入事业、投入社会、投入人间？即使生活还相当艰难，爱情还隐隐约约，学习还道路方长，社会还明明暗暗，人间还有许多不平，你也要投入，你也要尽力尽情尽兴尽一切可能，努力去争取一切可以争取到也应该争取到的，以使你能够得到智慧和光明，得到成绩和价值。我并不笼统地赞成古人立大志的说法，但你总该希望自己对社会对他人对国家民族人类多做出一点贡献，至少是确实竭尽了全力，就是说至少是充分燃烧了，充分发了热放了光，充分享用了使用了弘扬了你的有生之年。一个人就是一种能源，人的一生就是燃烧，就是能量的充分释放。能量应该发挥出来，燃烧愈充分愈好。从无光热，不燃而去，未免是一个遗憾；而刚一冒烟儿，就怠工熄灭了，能不痛苦吗？

人生就是生命的一次燃烧，它可能发出绚丽的色彩；可能发出巨大的热能，温暖无数人的心；它也可能光热有限，却也有一分热发一分光发一分电，哪怕只是点亮一两个灯泡，也还照亮了自己与邻居的房屋，燃烧充分，不留遗憾。而如果你一直欲燃未燃，如果你受了潮或者发生了霉变，那就不但燃烧不好，而且留下大量的一氧化碳与各种硫化物碳化物，发出奇奇怪怪的噪音，带来对人类环境的污染，乃至成为社会的公害，这实在是非常非常遗憾的。

也许你不能留名青史，但至少应该对得起自己这仅有的几十年；也许你未能立德立功立言，但至少是充分发挥出了自己一生的能量；也许你的诸种努力未能奏效，例如从事艺术创作但未能被社会承认，经商却始终未能成功，从军但终于打了败仗，但是最后"结账"的那一天，你至少可以说我尽力了。你的失败如楚霸王垓下之败，非战之罪也。我始终不赞成以成败论英雄，我也不能帮助读者乃至使自己招招皆胜。但是至少你心里应该有数，你是有志有为而且选择了正确的道路，但终因条件不具备未能大获全胜呢，还是你上来就不成样子，无志气，无作为，不学习，不努力，意志薄弱，心胸狭窄，企图侥幸，却又愤愤不平，终于一事无成？如果是前者，我愿向你致以悲壮的敬意，我还愿意把你的故事写下来，让读者为之洒几滴清泪；如果是后者，谁能纠正？谁能弥补？谁能同情？

我的长篇小说《活动变人形》中的主人公倪吾诚，在他的生命到了后期末期之时，他突然说："我的生活的黄金时代还没有开始呢。"这实在太恐怖了。一个人的成就有大有小，然而你应该尽力。尽力尽情尽兴尽一切可能了，这就是黄金时代，这就是人生的滋味，这就是人生的意义和价值，这就是辉煌，燃烧的辉煌，奉献的辉煌。你尽了力，你就能享受到尽力后的一切可能性，哪怕是"天亡我也，非战之罪也"的悲壮感和英雄主义。你享受到了尽力本身带来的乐趣，尽了力至少能得到一种充实感成就感，你也就赢得了，必然赢得了，首先不是别人，而是你自己的尊敬和满意。如果你是一枚炮弹，被尽力发射出去而且爆炸了，即使没有完全命中目标，也是快乐的；你是一粒树种，落到了地上，吸足了水分养分，长成了树苗，长成了大树，即使没能长到更大就被雷击所毁，你也可以感到某种骄傲，你的形象是一株树的最好的纪念碑，你的被毁至少是一次大雷雨的见证，是一个悲剧性的事件。人生是一个过程，是一个时间段，是一次能量释放过程，重在参与，重在投入，重在尽力。胜固可喜，败亦犹荣，只要尽了力，结账时的败者，流出的眼泪也是滚烫的、有分量的。而没有尽力，蹉跎而过的人，那可真是欲哭无泪了。

（摘自《读者》2007 年第 4 期）

# 怒 放

韩松落

　　她老了，在京剧团里净演些没名字的角色。其实就是从前年轻的时候，她也没有多少出头露脸的机会，资质平常，扮相也不十分好。她自己也很清楚。即便是偶然有那么两次，选演员的人把目光从人群中扫过去，快要到她了，她还是赶紧把头低下了，万一演砸了，她担不起这个责任。二十年就这么过来了。

　　大概也是太知道水深水浅，把演戏看得太严谨了些，又把自己放得太谦卑，所以自己先就怯了。在电影电视里看到那种场面，主角突然病了或者出事了，不相干的人倒大义凛然地站了出来，说自己能行，把戏演得比名角还出彩的时候，她往往就笑出来了，嘀咕着："哪儿有那么容易？"特别是看一出老的台湾电影《刀马旦》的时候（那里面为避难混进戏班子的革命党、歌女，为遮人耳目，练习了三天半，居然也上场演戏了，还得了个满堂彩），她先是不解，然后惊讶："看这胡编乱造的！哪儿有那么容易？"然后就向儿子女儿一一说明当年她们在戏校里练功是多么持久而艰苦。儿女早听厌了这一套，只是应着，耳朵的接收系统早关闭了。

剧团有个剧场，常常安排剧团的员工值班，春节时候，给她也排了两天。后来她就常常主动要求值班，而且越是逢年过节，没人愿意值班的时候，她越是愿意。同事们暗暗纳闷，却也只当是她在家里待着无聊。

后来有人终于按捺不住，趁着她值班，到剧场去看了，她的秘密就再没保住。

她大约是设法配了一把服装间的钥匙，身上穿戴得整整齐齐，坐在化妆镜前面说话："……杜师傅，您看这腮是不是太红了些？是不是？是吧，这一出杜丽娘的脸上恐怕得素淡些吧……水仙今儿病了，团长叫我替她上这一出。哎，团长说时，我倒先笑了，都这么大年纪了，恐怕扮不好呢。"

随后，她自顾自上了台，灯光照着她，她脸上有着平日不常见的光彩："梦回莺啭，乱煞年光遍，人立小庭深院。炷尽沉烟，抛残绣线……""原来姹紫嫣红开遍，似这般都付与断井颓垣……""遍青山啼红了杜鹃……春香啊，牡丹虽好，他春归怎占得先？"这是她一个人的舞台，她拼尽全力按照她的意愿，在她设想的春天里沉思、徘徊、凝望、苦痛、燃烧。一夜一夜，对着空空的剧场，她独自完成一场演出的所有过程：预备的时候如蓓蕾欲绽；灯光下如鲜花怒放；谢幕时，犹如繁华坠地。

他们全被震慑住了，在侧幕里，没人出声，隐约间，听得到外面庆祝元旦放焰火的声音。一股一股的瑰丽焰火，冲向深沉的夜空，犹如人生。

（摘自《读者》2006年第2期）

# 留学巴黎

冼星海

　　我曾在国内学音乐有好些年。在广州南大教音乐的时候，感到国内学音乐的环境不方便，很想到法国去。同时，我奢想把我的音乐技巧学得很好，成为"国际的"音乐家。正在考虑之际，凑巧得×××兄的帮忙，介绍了他在巴黎的先生奥别多菲尔给我，于是我下了很大的决心，不顾自己的贫困，在1929年离开祖国到巴黎去。

　　到了巴黎，找到餐馆跑堂的工作后，就开始跟这位世界名提琴师学提琴。奥别多菲尔先生，过去教×××兄时，每月收学费200法郎（当时约合华币十元左右）。教我的时候，因打听出我是个做工的，就不收学费。接着我又找到路爱日·加隆先生，跟他学和声学、对位学、赋格曲（一种作曲要经过的课程）。加隆先生是巴黎音乐院的名教授，收学费每月也要200法郎，但他知道我的穷困后，也不收我的学费。我又跟"国民学派"士苟蓝港·多隆姆（唱歌学校——是巴黎最有名的音乐院之一，与巴黎音乐院齐名，也是专注重天才。与巴黎音乐院不同之处，是它不限制年龄。巴黎音乐院则只限廿岁上下才有资格入学。此外，它除了注意技巧外，对音乐理论更注意）学校的作曲教授丹地学作曲，他算是第一个教我作曲的教师。以后，我又跟里昂古特先生学作曲，同时跟卑先生学指挥。这些日子里，我还未入巴黎音乐院，生活穷困极了，常常妨碍学习。

我常处在失业与饥饿中，而且求救无门。在找到了职业时，学习的时候却又太少。在此时期我曾经做过各种各样的下役，像餐馆跑堂、理发店杂役，做过西崽，做过看守电话的佣人和其他各种被人看作下贱的跑腿。在繁重琐屑的工作里，只能在忙里抽出一点时间来学习提琴，看看谱，练习写曲。但是时间都不能固定，除了上课的时间无论如何要想法去上课外，有时在晚上能够在厨房里学习提琴就好，最糟的有时一早5点钟起来，直做到晚上12点钟。有一次，因为白天上课弄得很累，回来又一直做到晚上9点，最后一次端菜上楼时，因为眩晕，连人带菜都摔倒在地，被骂了一顿之后，第二天就被开除了。

我很不愿意把我是一个工读生的底细告诉我的同事们，甚至连老板也不告诉，因此，同事对我很不好，有些还忌刻我，在我要去上课的那天故意多找工作给我做，还打骂我，因此我也常打架。有一个同事是东北人，他看我学习时，总是找出事来给我，譬如说壁上有尘，要我去揩，等等。但我对他很好，常常给他写信回家（东北），他终于感动了，对我特别看待，给我衣服穿，等等。可是我还不告诉他我入学的事。

我失过十几次业，饿饭，找不到住处，一切的问题都来了。有几次又冷又饿，实在支持不住，在街上软瘫下来了。我那时想大概要饿死了。

幸而总侥幸碰到些救助的人，这些人是些外国的流浪者（有些是没落贵族，有些是白俄）。大概他们知道我能演奏提琴，所以常在什么宴会里请我演奏，每次给一二百法郎，有时多的一千法郎。有对白俄夫妇，已没落到做苦功，他们已知道了劳动者的苦楚，他们竟把得到的很微薄的工资帮助我——请我吃饭。

我这样的过朝挨夕，谈不上什么安定。有过好几天，饿得快死，没法只得提了提琴到咖啡馆大餐馆中去拉奏讨钱，忍着羞辱拉了整天得不到多少钱，回到寓所不觉痛苦起来。把钱扔到地下，但又不得不拾起。门外房东在敲门要房金，如不把讨到的钱给他，就有到捕房去坐牢的危险（其实不是为了学习，倒是个活路）。

有一次讨钱的时候，一个有钱的中国留学生把我的碟子摔碎，掌我的颊，说我丢中国人的丑！我当时不能反抗，含着泪，悲愤得说不出话来——在巴黎的中国留学生很不喜欢我，他们都很有钱，还有些领了很大一笔津贴，但不借给我一文。有时，我并不是为了借钱去找他们，但他们把门闭上，门口摆着两双到四双擦亮的皮鞋（男的、女的）。

我忍受生活的折磨，对于学音乐虽不灰心，但有时也感到迷惘和不乐，幸而教师们肯帮助我，鼓励我，在开音乐会演奏名曲时，常送我票。奥别多菲尔先生在一个名音乐会里演奏他的提琴独奏时，不厌我穷拙，给我坐前排。这些对我意外的关怀，时时促使我重新提起勇气，同时也给我扩大了眼界。我的学习自己觉得逐渐有些进步，我写了好多东西，我学习应用很复杂的技巧。

在困苦生活的时日，对祖国的消息和怀念也催迫着我努力。

我很喜欢看法国国庆节和"贞德节"的大游行。这两个节是法国很大的节日，纪念的那天，参加的人非常拥挤。有整齐的步兵、卫队、坦克队、飞机队等。民众非常热烈地唱国歌，三色国旗飘扬。我每次都很感动。在1932年，东北失陷的第二年，到那些节日，我照旧去看游行。但是那次群众爱护他们祖国的狂热，和法国国歌的悲壮声，猛烈地打动了我。我想到自己多难的祖国，和三年以来在巴黎受尽的种种辛酸、无助、孤单、悲痛、哀愁、抑郁的感情混合在一起，我两眼充满了泪水，回到店里偷偷地哭起来。在悲痛里我起了应该怎样去挽救祖国危亡的念头。

我那时是个工人，我参加了"国际工会"。工会里常放映些关于祖国的新闻片和一些照片。我从上面看到了祖国的大水灾，看到了流离失所、饥饿死亡的同胞；看到了黄包车（人力车）和其他劳苦工人的生活；看到了1927年大革命失败后党派分裂、国民党的大屠杀……这些情形，更加深我的思念、隐忧、焦急。

我把我对于祖国的那些感触用音乐写下来，像我把生活中的痛楚用音乐写下来一样。我渐渐把不顾内容的技巧（这是"学院派"艺术至上的特点），用来描写、诉说痛苦的人生、被压迫的祖国，我不管这高尚不高尚。在初到法国的时候，我有艺术家的所谓"慎重"，一个创作要花一年的工夫完成，或者一年写一个东西，像小提琴及钢琴合奏的《索拿大》，我就花了八个月的工夫。但以后，就不是这样了。我写自以为比较成功的作品《风》的时候，正是被生活逼得走投无路的时候。我住在一间七层楼上的破小房子里，这间房子的门窗都坏了，巴黎的天气本来比中国南方冷，那年冬天的那夜又刮大风，我没有棉被，觉也睡不成，只得点灯写作，哪知风猛烈吹进，煤油灯（我安不起电灯）吹灭了又吹灭。我伤心极了，我打着战，听寒风打着墙壁，穿过门窗，猛烈嘶吼，我的心也跟着猛烈撼动。一切人生的苦、辣、辛、酸、不幸，都汹涌起来。我不能控制自己的感情，于是借风述怀，写成了这个作品。以后，我又把对祖国的思念写成《游子吟》《中国古诗》和其他的作品。

我想不到《风》那么受人欢迎。我的先生们很称赞它，旧俄（现在已统称苏联）的音乐家，也是现在世界有名的音乐家普罗珂菲叶夫也很爱它。并且它能在巴黎播出（上面说过的《索拿大》也被播）和公开演奏。

大概因为作品和别的先生的介绍，我侥幸认识了巴黎音乐院的大作曲家普罗·刁客先生，他是世界三大音乐家之一（印象派）。更侥幸的是他竟肯收我做门生，他给我各种援助，送我衣服，送我钱，不断地鼓励我。还派他的门生送我乐谱、香烟（我当时不抽烟，没有收下），并答应准我考巴黎音乐院的高级作曲班。在这以前，一个法国的女青年作曲家，也给了我很大的帮助。她亲自弹奏过我的作品，她鼓励我不要灰心，她教我学唱，学法文，经济上不时周济我（她的母亲待我也很好）。在考巴黎音乐院的时候，她先练习了八个月的钢琴为我伴奏。

报考的那天，巴黎音乐院的门警不放我进门，因为我的衣服不相称（袖子长了几寸的西服），又是中国人。我对门警说，我是来报考高级作曲班的，他不相信，因为中国人考初级班的也很少，而且来的多是衣冠楚楚的人。高级班过去只有×××兄入过提琴班。这样就难怪他阻挡我了。正在为难，恰巧普罗·刁客先生从外面来，他攀着我的肩一同进去了。

我总算万幸考入了高级作曲班，考到了个荣誉奖。他们送给我物质的奖品时，问我要什么？我说要饭票，他们就送了我一束饭票。入学后，我专心学作曲，兼学指挥，并在"国民学派"士苛蓝港·多隆姆学音乐理论。在生活上较有办法了。学校准许我在校内吃饭，刁客先生更常帮助我。不过比起别人来，我穷得多。学习上物质的需求还很难解决，如买书就不易，所以我几次要求政府给公费。照我的成绩及资格说来，是应得公费的，但祖国政府对我的几番请求都没答复。学校给证明，甚至当时巴黎市长赫理欧也有证明文件都不行。我很失望。我记得有一年，有个要人到巴黎来，找我当翻译，我顺便要求他给我想办法资助去德国学军乐（那时我还未入巴黎音乐院），回来为祖国服务。他那时虽是对外宣传中国需要抗日，却不能答应我的请求。而我入了巴黎音乐院之后，要想政府给公费，就更困难了。结果是从始到终一文公费也领不到，我在巴黎音乐院的几年生活，只靠师长和学校的帮助。

1935年春，我在作曲班毕了业，刁客先生逝世，我就不能再继续留在巴黎研究了。另一方面我也想急于回国，把我的力量贡献给国家。所以临行时，上面说过的那位女青年作曲家劝我再留在巴黎，我也不肯再留，为了却她的盛意，我对她说谎，说半年后就回到巴黎来。我有许多曲稿还留在她那里，还有许多书籍稿件也放在别处一间小寓所里，因为没钱交房租，不能去取回来，大概现在还在吧！

1935年初夏，我作最后一次欧洲的旅行。几年来我把欧洲主要的许多大小国家的名城、首都都游过了，增长了很多知识。这最后一次到伦敦的旅行，却很不顺利。登岸时，英政府不准我入境，他看见我的证明文件及穷样子，以为我是到伦敦找事做的，他不相信我是旅行者。我被扣留了几个钟头，亏得能打电话到公使馆才被释放了。帝国主义对弱小民族是歧视的，英国的成见尤深。

（摘自《读者》2003 年第 10 期）

# 黄河在咆哮

陈德宏

1936 年，上海。

自"九一八"日本帝国主义占领东北三省以来，全国人民的抗日情绪日益高涨，抗日救亡的热情一浪高过一浪。正是在此形势下，党组织派光未然赴上海，联络文艺界人士，组织"中国文艺者战地工作团"，以文艺为武器，唤起民众，以实际行动参加抗日救亡运动。

6 月上旬的一天，光未然率团来到大厂。一到工学团驻地，行装甫卸，便听到了凄楚而悲愤的歌声——

> 五月的鲜花开遍了原野，
>
> 鲜花掩盖着志士的鲜血。
>
> 为了挽救这垂危的民族，
>
> 他们曾顽强的抗战不歇。
>
> ……

　　团员们循声来到歌声飞出的礼堂。原来是工学团的合唱队在排练。他们演唱的这首歌，叫《五月的鲜花》，指挥正是青年音乐家冼星海。《五月的鲜花》是光未然几个月前在武汉创作的，由青年音乐家阎述诗谱曲。流亡者背井离乡的诚挚的情感，深沉而悲壮的旋律，拨动了广大民众的心弦，歌曲短期内便传遍全国。

　　战地工作团有位东北籍的青年李雷，在排练休息的时候，把光未然从座位上拉起来，向冼星海及工学团的合唱队全体队员介绍说："这位就是《五月的鲜花》的词作者，青年诗人光未然！"排练场沸腾了。热情的青年把光未然团团围了起来，后面的人群不断往前挤……最后，干脆把光未然抛起、放下，礼堂里响起阵阵欢呼……

　　冼星海没有想到会在此时此地以这种方式与光未然相识。当热情的青年把光未然放下时，冼星海急速走了过来，两双手——一双青年音乐家的手与一位青年诗人的手紧紧地握在一起。把他们紧紧连在一起的，还有两颗年轻的急速跳动着的爱国心！

　　当时，适逢上海各界筹备高尔基逝世周年纪念。于是光未然创作了《高尔基纪念歌》。这是光未然与冼星海诗与乐的第一次合作。

　　1937年11月，他们再度合作，创作了《赞美新中国》——我们唱着歌，赞美新中国。

　　《赞美新中国》同《五月的鲜花》《高尔基纪念歌》一样，在全国各战区的抗日前线和敌后根据地传播着，传唱着，鼓舞着千百万英雄儿女，保家卫国，浴血奋战！

　　1939年3月下旬，光未然率领抗敌演剧二队，在山西开展工作。几个月来，他们深入到抗日前线，慰问演出，宣传鼓动，深受广大官兵的欢迎。为了表示感谢，二纵队把俘获的一匹高头大马送给光未然使用。

这匹战马性情暴烈，然而年轻气盛的光未然，自恃驯马有术，跃上马背，沿着布满乱石的乾河河道狂奔起来。正当人们为光未然喝彩时，不幸的事情发生了——光未然从马背上一头栽了下来。这次不幸造成了光未然左臂粉碎性骨折。

光未然左臂绑着绷带，躺在担架上，忍受着常人难以忍受的痛苦，被一站一站地传送着，翻高山，渡黄河，辗转数百里。到达延安，已是3月底了，他被立即送到了医院。

此时的光未然，胸中有一种莫名的躁动———负伤臂膀的疼痛，给他带来阵阵烦躁，这他能克服，能忍受；然而使他无法忍受又无法排遣的，是涌动在他胸中的创作欲望。在担架上，在渡船里，在病床上，每当他闭上眼睛，黄河便时而模糊、时而真切地浮现在他的眼前，"应该写一首诗，写一首关于黄河的长诗，就叫《黄河吟》吧！"但随即他又感到，《黄河吟》很难表达他潮水般的思绪及大海般深沉的感情……

博大而丰厚的内涵，需要寻找同样博大而完美的表现形式。

恰在这日上午，冼星海、张曙等先期抵达延安的朋友来医院探视。他们询问病情，畅叙分别后各自的经历及感受，最后冼星海试探性地提出再度合作的愿望，他的提议与光未然的想法一拍即合。

冼星海的提议，为光未然汹涌着的激情找到了喷射口，使长期以来酝酿着的歌颂黄河母亲、保卫黄河母亲，鼓舞中华民族抗日救亡的主题，变得清晰起来。

对！不是《黄河吟》而应该是《黄河大合唱》，应包括朗诵、男声独唱、女声独唱、齐唱、对唱、轮唱、大合唱……光未然当即把这一构想告诉了冼星海。

冼星海深表赞同。于是窑洞病房变成了讨论诗与乐的课堂，冼星海又从音乐的角度提了许多建议与设想。诗与乐撞击所产生的火花，点燃了青年诗人创作的灵感之光。光未然不能握笔，他就浅唱低吟，觉得成熟了，就请演剧二队的青年男高音歌唱队员田冲笔录——

　　朋友！

　　你到过黄河吗？

　　你渡过黄河吗？

　　你还记得船上的船夫拼着性命和惊涛骇浪搏战的情景吗？

　　如果你已忘掉的话，那么你听吧！

　　……

　　进入创作状态的第一天，光未然就以呼唤民族精神回归的朗诵及气势非凡的《黄河船夫曲》揭开了《黄河大合唱》的第一乐章——我站在高山之巅，望黄河滚滚，奔向东南，惊涛澎湃，掀起万丈狂澜……

　　第二天完成了《黄河颂》——

　　黄河奔流向东方，河流万里长。

　　水又急，浪又高，奔腾叫啸如虎狼。

　　……

　　进入创作状态的头两天，因为要考虑整体的布局与构思，进展较慢，一天一个乐章；两天之后，创作渐入佳境，文思似冲出闸门的潮水，一发而不可收。

　　第三天完成了《黄河之水天上来》及《黄河对口曲》的创作。第四天完成了《黄水谣》及《黄河怨》的创作。第五天，创作进入尾声，也进入了高潮——

　　风在吼，马在叫。

　　黄河在咆哮，

　　黄河在咆哮。

　　……

　　这部大合唱是在《保卫黄河》及《怒吼吧，黄河》的高潮中结束的。

　　奇迹！真是奇迹！这部八章四百行气势磅礴的《黄河大合唱》，竟是在短短5天之内完成的。

　　光未然是披肝沥胆、呕心沥血，自觉地肩负起民族的历史使命，燃烧着年轻的生命，完成这部名垂文艺史册的《黄河大合唱》的创作的。

　　冼星海看到这部气势恢宏、变化万千的长诗时，心潮澎湃，激动不已。如果说写在纸上的音符是在光未然的长诗完成之后才开始的，那么激荡于冼星海胸中的音乐旋律，可以说几乎是同光未然的创作同步开始的。他急不可耐，光未然的创作完成一章，他就阅读一章，并且构思着如何谱曲。光未然的长诗刚刚完成，冼星海立即进入了创作状态。他时而低吟，时而高唱，时而伏案疾书。他把光未然对黄河对民族的爱和对侵略者的恨，凝聚笔端，变成音符，或低沉，或高亢，或凄婉，或悲壮，或抒情，或豪放……整整6个白天与黑夜，冼星海以惊人的速度，过人的智慧，高质量地完成了这部中国音乐史上空前的民族大合唱。

　　为了使《黄河大合唱》尽快与延安的广大观众见面，在冼星海谱曲的同时，排练也在紧张有序地进行着。冼星海写完一曲，在音乐家邬析零的指挥下，就排练一曲——往往是后一曲刚谱出来，前一曲已经排练好了。

　　当时，由于找不到合适的朗诵者，只好由光未然带伤充任。壮怀激烈的光未然，由于对朗诵词的熟悉及深刻的理解，足以弥补他普通话不标准的不足。

　　排练是音乐实践的过程，最容易发现创作中的缺点及不足。《黄河大合唱》的音乐，绝大部分是一次谱写成功的。但也有例外，比如男高音独唱《黄河颂》，田冲在试唱时，就感到不够理想。其他队员也认为没有很好地表现出歌词想表达的感情与情绪。冼星海毅然决然推倒重来。第二稿谱好后，经试唱，比第一稿有提高，但仍不尽如人意。于是他又创作了第三稿——终于获得了成功，为中国，也为世界留下了一曲不朽的《黄河颂》。

首演的日子终于到来了。

1939 年 5 月 11 日，像庆祝盛大的节日一样，延安的党政军领导、来延安参观的友人，都应邀出席了这次首演。光未然经过精心的化妆，把黑色的披风斜披在身上，把绑着绷带的左臂掩藏在披风下面，右臂露在外面，侧身站在前排。他的朗诵，感情真挚，声情并茂；邬析零精神抖擞，指挥若定；男高音引吭高歌，女高音婉转动人；合唱队、乐队配合默契。演出获得了巨大的成功。每一曲结束，都会响起热烈的掌声，当整场演出结束时，观众的情绪达到了高潮，雷鸣般的掌声及欢呼声持续了好几分钟，观众久久不愿离去。

光未然、冼星海、邬析零、田冲，以及全体合唱队队员、全体乐队队员，都沉浸在巨大的成功和喜悦之中。

不朽的诗歌，不朽的音乐，造就了不朽的诗人及不朽的音乐家。

不论来自世界的哪一个国家，哪一个地方；不论肤色如何，操何种语言，提起你，想起你——光未然，《黄河大合唱》的旋律就会在心中响起……

（摘自《读者》2006 年第 12 期）

# 我们的英雄我们安葬

王树增

发现日军绕道南下后，张自忠立即率部开始追击。被张自忠死缠不放的日军，是企图向南集结的第三十九师团。

此时，张自忠完全可以不去追击，因为他的阻击任务已经完成。

日军已经知道决心与他们死战到底的中国军队将领是谁了。日军通信部队截获了重庆与第五战区之间的电报，也截获了张自忠发给蒋介石的电报。1940 年 5 月 16 日晨，日军第三十九师团扫荡圆沟（宜城东北约一公里）附近山地，9 时接到他们通信部队的通报说"敌三十三集团军总部即在圆沟"。第三十九师团接到这一情报，顿时紧张起来，于是决定黄昏前向三十三集团军总部（即张自忠部）发动决定性打击，欲将其消灭。

日军第三十九师团掉头转身，对张自忠部完成了战术包围。

张自忠顿陷绝境。

　　张自忠部兵力单薄，没有后援，无法构筑纵深阵地，狭窄的前沿后方就是总指挥部。日军第三十九师团师团长村上启作决定抓住这一难得的战机，集中五千多兵力以及所有的火炮，向张自忠部的阵地发起了凶猛的合围。调集部队增援，至少需要半天，如果即刻撤离，也许尚可冲出去，但临阵脱逃是张自忠誓死不为的。为坚持到增援部队抵达，张自忠指挥少量部队死守阵地。残酷的战斗没有持续多久，阵地四周的小高地便相继失守。那些还活着的中国官兵知道总司令就在身后的小山包上，于是纷纷向总指挥部靠拢。而张自忠身处的小山包，在日军的攻击下已遍布尸体，张自忠左臂负伤仍立于山头督战。日军的又一阵弹雨过后，张自忠胸部中弹，血流如注。他倒下了。

　　日军向山顶蜂拥而来。

　　在此之前，张自忠把他的卫队全部派往一线阵地，此时身边只剩下始终不肯离去的高参张敬。张敬用手枪射倒几名登上山包的日军，随即被后面冲上来的日军用刺刀刺倒。

　　一颗子弹再次射入张自忠的腹部。

　　一名日军士兵冲上来，用刺刀向张自忠刺去，张自忠突然挺立起来，试图抓住日军士兵的刀刃。

　　另一名日军士兵的刺刀狠狠地刺入他的身体。

　　张自忠永远地倒下了。

　　日军士兵开始检查尸体，没有任何可以证明身份的东西。一名日军少佐上来仔细检查，终于发现一支钢笔，钢笔上刻着"张自忠"三个字。

　　日军第三十九师团参谋长专田盛寿闻讯赶来，因为他认识张自忠。他在"七七事变"前担任中国驻屯军高级参谋，与时任天津市长的张自忠见过面。他对张自忠的印象是："眼光远大，为人温厚，威望极高。"专田盛寿跪在地上，为张自忠整理了破碎的军衣，然后命令下属用担架将遗体抬下山埋葬。日军将遗体抬至三十余里之外的陈家集附近，将遗体洗净，用布裹好，备棺埋葬，用木牌作标志，上书"支那大将张自忠之墓"等字样，并向坟墓敬礼。张自忠，抗日战争中国阵亡的第一位集团军总司令。

第三十八师和第一七九师官兵得知噩耗后，当夜不顾一切地向日军第三十九师团司令部后山发动袭击，为的是抢回张自忠的遗骸。日军的记载是："当夜即被数百中国兵采取夜袭方式而取走。"

张自忠的遗骸被中国军民重新洗净，换上整洁的内衣和军装，军装上佩挂领章和短剑，殓入一副贵重的楠木棺材里。灵柩运抵宜昌后，民生轮船公司派专轮护送前往重庆，一路经过巴东、巫山、云阳、万县、忠县、涪陵等地。所经之处，祭祀的供桌绵延数里，祈愿的香火缭绕不绝，中国百姓在长江岸边长跪不起。5月28日，灵柩抵达重庆，蒋介石臂挽黑纱立于江边迎灵。此时轰炸重庆的日军战机飞临上空，防空警报长鸣，但重庆全城无人躲避。百姓们把盛满手擀面条的大碗高举过头顶，这是他们为张自忠做的一碗送其远行的北方饭。

时年49岁的张自忠，16岁那年由母亲做主，与山东老家一位名叫李敏慧的17岁女子结婚。婚后数十年中，两人互敬互爱，相濡以沫。得知丈夫殉国后，李敏慧从容料理好家事，绝食而死。

蒋介石通电全军，认为张自忠以身殉国之举，不但令全国百姓认知了曾"为全国人民所不谅"的他，且其所作所为更不是一般人能够做到的：

> ……迨抗战既起，义奋超群，所向无前，然后知其忠义之性，卓越寻常，而其忍辱负重，杀敌致果之概，乃始大白于世。夫见危授命，烈士之行，古今犹多有之。至于当艰难之

会，内断诸心，苟利国家，曾不以当世之是非毁誉乱其虑，此古大臣谋国之用心，固非寻常之人所及知，亦非寻常之人所能任也……

因此，张自忠的死，成为国人心头难忘的痛。

这就是这片国土上至今以"张自忠"命名的城市街道如此之多的原因。

（摘自《读者》2017 年第 17 期）

# 江湖的规矩

关山远

一

"江湖"一词，最早见于《庄子·大宗师》："相濡以沫，不如相忘于江湖。"这句话是说两条陷于陆地干涸困境的鱼，只能互相吐沫苟延残喘，庄子于是感慨道：与其如此，不如在江湖中擦肩而过，自由遨游，不再相见。"相忘于江湖"，意蕴深远。并无具体指向的"江湖"，似乎是一个不受正统权力控制与法律约束的隐秘世界，成为避世者的向往之地。

但江湖自有江湖的规矩。金庸小说中最令人叹惜的故事之一，是《笑傲江湖》里正派高手刘正风欲金盆洗手退出江湖而不得，被同为名门正派的嵩山派灭门。最终他与人生知己、魔教长老曲洋合奏一曲《笑傲江湖》，双双自绝经脉而死。

江湖就是这么一个矛盾的地方。"庙堂"的叛逃者、失意人、厌倦客，能够潜入江湖，休养身心，甚至如鱼入大海逃过大劫。比如西施与范蠡，大悲大喜之后，最好的归宿是江湖。但江湖中人，沉浮其间，深知江湖险恶。有话道："常在江湖漂，哪能不挨刀。"其自有的逻辑与规则，会给每个江湖儿女刻上精神刺青。诚如武侠大家古龙的一句名言："人在江湖，身不由己。"

二

很多人向往江湖儿女式的爱情：打破传统束缚，桀骜不驯、奋不顾身，为爱浪迹天涯。

隋朝末年，在雷暴将至、剧变即来的前夜，长安一处豪宅中，一个是富贵显赫但垂垂老矣的权臣杨素，一个是落魄潦倒却器宇不凡的青年李靖，老人没有被青年一番慷慨激昂的话打动，但执拂站在老人旁边的侍女美目深注，留神打量着这个青年。深夜，她敲响他的门，告诉他："我欣赏你，我跟你走。"他看着她，一个绝色美人，又惊又喜。还有什么比这个勇敢示爱的美丽女子更能激励一个落魄的男人？

这就是著名的"红拂夜奔"。红拂女没有看错人，若干年后，她看中的男人李靖，成长为唐朝开国的一代战神，获封卫国公，她也成了一品夫人。

如此爱情传奇，令后人无比神往。《红楼梦》中，林黛玉非常欣赏红拂女识人的慧眼与主动追求爱情的勇气，她写诗赞道："长揖雄谈态自殊，美人巨眼识穷途。尸居余气杨公幕，岂得羁縻女丈夫。"在她眼里，红拂女是"女丈夫"。在压抑的荣、宁二府，红拂夜奔的故事，只存在于江湖。

江湖儿女爱情的魅力，还表现在，在不确定性当中冲破身份门第观念的束缚。

譬如梁红玉，因家道中落沦为官妓，在一次宴会上遇到韩世忠，梁红玉侍酒落落大方，毫无娼家气息，令韩世忠刮目相看。二人互通款曲，心生爱意，英雄美人终成眷属。梁红玉是文武双全的人物，在北宋悲惨覆亡、南宋仓促建立的乱世当中，她辅佐韩世忠，甚至独自带兵作战，立下赫赫战功，最终获封"安国夫人""护国夫人"，死后与韩世忠合葬于苏州灵岩山下，是历史上改变悲惨命运、实现人生逆袭的榜样。

## 三

武侠小说与影视剧，让人们产生了很多误解，以为江湖中人，都是鲜衣怒马、富贵逼人，不事生产，也有花不完的钱。其实，真实的江湖，是一个被传统主流社会不断挤压的边缘化与窘迫的存在；而江湖中人，绝大多数身处社会底层，沉浮于草莽，生灭于市井。

在古代，行走江湖的多是这几类人：侠、医、艺、妓、僧与道，都是社会边缘人。《水浒传》中，开黑店的孙二娘立了规矩，三种人不能杀：一类是犯人，一类是僧道，还有一类是妓女。因为，这三类都是江湖同道，自己人不为难自己人。

有人不解，侠怎么可能是社会底层呢？其实，在汉武帝灭游侠之前，侠的日子还是过得很滋润的。游侠最盛时，是在战国末年，天下分裂，征伐不断，游侠一时蜂起。秦朝统一后，游侠活动陷入低潮。但是到了汉朝初年，百废待兴之际，存在诸多权力真空地带，游侠又开始频繁活动。史载，大侠朱家曾养豪士数百，河内大侠郭解，"天下亡命多归之"。这些游侠藐视政府权威，甚至对抗政府。除了游侠，还有豪侠，即那些拥有私人武装、大量兼并土地的豪强。到了汉武帝时期，他怎能容忍？

《资治通鉴》中写道，大臣主父偃向汉武帝提出"大一统"建议，其中重要的一点，就是整治豪侠游侠的"歪风邪气"。他对武帝说："天下有名的豪强、兼并他人的富家大户、鼓励大众动乱的人，把他们迁移到茂陵邑居住，这样既充实了京师的实力，又消灭了地方上的奸邪势力，不用诛杀就消除了祸害。"汉武帝同意了，但马上有大将军给大侠郭解说情：这个人家中贫困，不合迁徙的标准。汉武帝一听，怒了：郭解是平民，但权势居然大到连将军都替他说情！他不仅坚持迁徙了郭解全家，还找了个借口，灭了郭解全族。侠的社会地位，从此一落千丈。

## 四

"仗义每从屠狗辈，负心多是读书人。"

唐朝"安史之乱"后，文人李益恋上歌伎霍小玉，两个人山盟海誓。但李益贪恋仕途，嫌弃霍小玉的身份，始乱终弃。霍小玉悲恨交加，卧床不起，长安满城都为她鸣不平。这时，侠士黄衫客一怒之下，将李益绑起来，送到霍小玉门口。霍小玉面对负心人，万般苦楚，却一言不发，泼一杯酒在地上，表示与李益覆水难收，旋即香消玉殒。后人认为李益是"渣男"，黄衫客才配得上霍小玉，还有人写了一首诗："一代名花付落茵，痴心枉自恋诗人。何如嫁与黄衫客，白马芳郊共踏春。"

对大多数人来说，江湖是浓缩的人生，或者，江湖只是凡人心头的一个想象。江湖是虚幻的，而人生是真实的，但无论如何，情义是必需品。

（摘自《读者》2019年第1期）

# 最深奥的学问

清风慕竹

明朝洪熙、宣德年间出现了中国历史上屈指可数的盛世之一——仁宣盛世，说起这一盛世的缔造者，恐怕还轮不到仁、宣两位皇帝，这一荣誉的花环要戴在著名的"三杨内阁"的首辅杨士奇头上。奇怪的是，杨士奇居然没有任何学历，这在科举制度已经相当完善的明朝是非常罕见的。但没学历不等于没学问，杨士奇的学问很大，大得在一些人看来有些高深莫测，不然怎么能历经四代皇帝而不倒呢？

公元 1365 年，杨士奇出生在袁州。当时正是朱元璋闹革命的时候，各地都兵荒马乱，民不聊生。杨士奇一家过着颠沛流离的生活，在他一岁半时，父亲便去世了，只剩下母子俩相依为命。幸运的是，杨士奇有一个十分有远见的母亲，即使在四处漂泊的最艰难的环境里，她宁可丢弃很多行李，也始终带着一本书——《大学》，每天都教杨士奇读书。后来为生活所迫，杨士奇的母亲改嫁到了一个叫罗性的官员家里。继父是当地的名士，性格孤傲，他亲自担任了这个过继来的儿子的老师，但从来没有给过他好脸色。进入罗家不久，他就强迫杨士奇改为罗姓。然而两年后，年仅八岁的杨士奇的一个惊人举动，改变了他的看法。

1373年，罗家举行祭祖仪式，看着那庄重的场面，还是小孩的杨士奇想起了他故去的父亲，可在罗家的祠堂是不会有杨家人的位置的，他决定用自己的方式来祭拜。他从外面捡来土块，做成神位的样子，找到一个无人注意的角落，郑重地向自己亡故的父亲跪拜行礼。杨士奇不知道的是，他这自以为隐秘的行为被一个人看在了眼里，这个人正是他的继父罗性。有一天，罗性把杨士奇叫到身前，叹息道："我的几个儿子都不争气，希望你将来能够略微照顾一下他们。"杨士奇满腹狐疑，十分不解地看着继父。罗性又感慨地说："你才八岁，却能够寄人篱下而不堕其志、不忘祖先，你将来必成大器！你不必改姓了，将来你必定不会辱没生父的姓氏。"

杨士奇的生活境遇刚刚有所好转，就因继父获罪流放而再次陷入困顿之中。无奈之下，年仅十五岁的杨士奇就不得不去乡村私塾做老师。那时私塾很多，学生入学时只交部分学费，如果觉得先生教得不好，可以随时走人，所以老师的水平是决定其收入的关键。杨士奇酷爱学习，学问根基很扎实，所以很多人来做他的学生，但收入也仅够混口饭吃而已。一个朋友家里也十分穷困，又没有别的谋生之道，家里还有老人要养，实在过不下去了。杨士奇主动找到他，问他有没有读过"四书"，这个人虽然穷点，学问还是有的，便回答说读过。杨士奇当即把教的学生分一半给他，报酬当然也分给了他。杨士奇回家将这件事情告诉了母亲，收入少了，本以为母亲会不高兴，出乎他意料的是，母亲却十分高兴地对他说："你能这样做，不枉我养育你成人啊！"

就这样，杨士奇一边靠教书糊口，一边把所有的时间都放在了读书研究学问上，直到一个偶然的机会，他的命运迎来了转机。建文元年（1399年），朝廷准备修撰《明太祖实录》，从社会上征集文人参加，杨士奇因学识出众，入选了编纂官，他以一介布衣，直接进入了博士云集的翰林院，创造了一个令人惊讶的纪录。

永乐二年（1404年），杨士奇因为才能出众，不仅承担起了为皇帝讲读经史的任务，还被明成祖朱棣委以教育太子的重任。就在人们以为杨士奇的仕途充满了阳光与鲜花时，烦恼和灾难正悄悄降临。朱棣虽然确定大儿子当了太子，却话里话外常有微词，这让老二和老三看到了机会。在他们的谗言攻击下，"太子党"成了被打击的对象，太子身边的一些人入狱的入狱、杀头的杀头，弄得许多追随太子的官员纷纷改换门庭、另找靠山。在这场你死我活地斗争中，杨士奇自然也不能幸免，他被朱棣亲自找去问话。杨士奇没有见风使舵，而是十分平静地谈了自己的看法："太子仁孝，凡是涉及宗庙祭祀的事，祭物、祭器他都亲自查看。去年将要举行祭祀之时，恰巧太子的头风病发作，医生嘱咐说应该发发汗。殿下说：'那样就不能亲自去祭祀了。'左右劝他让别人代替去做这事，太子怒斥说：'父皇让我做这件事，我怎么能找别人代替呢？'于是拖着病体亲自去祭祀。祭祀完毕，出了一身大汗，结果没有用药病就痊愈了。"最后他由衷地感叹说："殿下天资高，即有过必知，知必改，存心爱人，决不负陛下托。"

杨士奇的话消除了朱棣的疑虑，但他却因为不趋炎附势而遭到其他皇子们的攻击，被关进了监狱。太子朱高炽得知消息十分焦急，但他也是自身难保，实在无能为力。杨士奇却非常平静，都要迈进监狱的大门了，还嘱咐太子："殿下宅心仁厚，将来必成一代英主，望殿下多多保重，无论以后遇到什么情况，绝不可轻言放弃。"后来朱高炽即皇帝位，是为明仁宗，杨士奇成为内阁首辅，拥有了相当于宰相的实权。

公元 1425 年，明宣宗朱瞻基继承皇位，他很有文韬武略，对他父亲朱高炽组建的以杨士奇、杨荣、杨溥为主的"三杨内阁"给予了充分的信任。"三杨"中，杨荣以才识见长，做事果断，精通边防事务，曾随朱棣远征蒙古，立下了汗马功劳。杨荣能力突出，但毛病也不少，他喜欢享受，生活比较奢侈，钱不够花，有时就不免接受一些边疆将官的贿赂。朱瞻基知道后，私下召见杨士奇，问他对此有何看法。

杨士奇面色严肃，郑重地回答：对于边防事务，杨荣比我精通，所以不要因小过怪罪他。朱瞻基一听就笑了，说："你还为他辩解，杨荣可是经常在我面前指责你的啊。"杨士奇马上说："愿陛下能以对待我的宽厚态度对待杨荣。"一席话让明宣宗频频点头，十分感慨。不久，杨荣得知了这一消息，非常惭愧，主动向杨士奇道歉，自此两人便建立起亲密无间的友谊，至死都没有改变。

如果说世上有最深奥的学问，在中国就得说是做人吧。杨士奇为子孝，对友善，忠诚于君主，待人宽容，他的故事里没有冲杀的惊险，也没有谋略的雄奇，但在今天读来，却仍然让人感到温暖。其实最高深的学问也就是这些最朴素的东西，当把它植入信仰、融入血液，一个人也就能从平淡中演绎出精彩的人生。

（摘自《读者》2010 年第 21 期）

# 剩水残山无态度

郭　彦

辛弃疾和朱熹的关系很好，这看上去有点儿匪夷所思。辛弃疾从二十一岁奋起抗金并随队伍南下以来，就是一个"看试手，补天裂"的志士形象；而朱熹，不过是一个满腹经纶的腐儒学究。这两个看上去天渊悬隔的人怎么可能走得如此之近呢？

说起来，辛弃疾身上有很多复杂的或说是混合的气质。虽然他身上传统的儒家思想相比那些自幼浸淫于儒家文化中的南方知识分子要少得多，但这个所谓的"北来归正人"，也并不是一个天外来客。身份的另类和性情的格格不入，毫无疑问地让他处于少数者中的突出位置，难免会为他带来身份上的焦虑和紧张。再加上，他在为政和驭吏上都严厉有余，性格中的粗率暴躁也多被人指责。完全称不上一帆风顺的从政经历使他逐渐从一个自北方来的嗜杀者变成一个有更多内省要求的儒生，这个过程也是他逐渐对朱熹的理学思想服膺的过程。

朱熹，在某种程度上成了辛弃疾的精神导师。后来辛弃疾定居铅山，朱熹赠书题其二斋室，写的是"克己复礼"和"夙兴夜寐"。这些赠语都是有针对性的。

淳熙十五年（1188年），陈亮邀约朱熹和辛弃疾会面。朱熹去信，希望陈亮告知要探讨的话题。陈亮遵嘱回复。但朱熹在接到陈亮的书信后，却拒绝了聚会的邀约。他现在最大的兴趣是做一些经纶事业，对陈亮主要涉及一统大业的话题并不感兴趣。

但陈亮在尚未接到朱熹回信之时，就已经心急火燎地上路了。相比而言，陈亮和辛弃疾的共同之处显然多过和朱熹的共同之处，他是一个坚定的主战派，热衷于建功立业，崇尚英雄主义，性情激烈敞亮。可以想象，这样一个斗士般人物的到来，如一抹明亮的光束，照亮了赋闲多年、身心憔悴的辛弃疾。他们"憩鹅湖之清阴，酌瓢泉而共饮，长歌相答，极论世事"。等朱熹未至，在紫溪盘桓十数日之后，陈亮返回。

本来，这场聚会应该以陈亮的离开自然而然地结束，但十多天来二人的相聚，似乎把辛弃疾唤醒了。他意犹未尽，竟在陈亮离开不久后策马抄近道追赶而去。雪深路难，天寒不渡，最后，辛弃疾没能赶上陈亮，被迫投宿。是夜，在驿馆，听到风雪中凄厉的笛声，他写下了著名的《贺新郎》：

> 把酒长亭说。看渊明风流酷似，卧龙诸葛。何处飞来林间鹊，蓦踏松梢残雪。要破帽多添华发。剩水残山无态度，被疏梅料理成风月。两三雁，也萧瑟。
>
> 佳人重约还轻别。怅清江天寒不渡，水深冰合。路断车轮生四角，此地行人销骨。问谁使君来愁绝？铸就而今相思错，

料当初费尽人间铁。长夜笛，莫吹裂！

这首词把历经磨难的陈亮比喻成陶渊明、诸葛亮，在"剩水残山无态度"的大环境下，他们犹如长空中的孤雁，萧瑟孤独。后半阙，辛弃疾将自己在陈亮离开后的相思和失落之意表露无遗。

陈亮收到此词后，原韵和《贺新郎》一首寄给稼轩。稼轩收词，同韵再和一首，已然从第一首词的悲从中来变成了激越慷慨。陈亮接词，再和一首。一年后，陈亮用原韵再寄稼轩，说去年风雪过后，二人又生几多华发。"壮士泪，肺肝裂。"稼轩收陈亮词，没有再和《贺新郎》，而是用一首《破阵子》遥寄陈亮：

醉里挑灯看剑，梦回吹角连营。八百里分麾下炙，五十弦翻塞外声。沙场秋点兵。

马作的卢飞快，弓如霹雳弦惊。了却君王天下事，赢得生前身后名。可怜白发生！

至此，这次著名的鹅湖会以一首《破阵子》画上一个完美的句号。

二人共作五首《贺新郎》加一首《破阵子》，完全是英雄间的惺惺相惜和同心共勉。从"长夜笛，莫吹裂"到"龙共虎，应声裂"，再到"看试手，补天裂"和"壮士泪，肺肝裂"，直到今天读来，仍觉荡气回肠，无怪人们会把二人的这次相会看成是南宋那个"剩水残山无态度"的萎靡时代最高昂的态度。

试想想，如果这场鹅湖会朱熹参加了，会是怎样的一番格局？

（摘自《读者》2018 年第 15 期）

# 行走在美丽人间

雪小禅

我的朋友问我，快乐的时候多还是不快乐的时候多？

不快乐的时候多。我说。

她又问，不快乐的时候多，为什么还活得这样盎然？

我说，那是因为，我要变得快乐啊。

我的朋友是一个画家，她每天都在画画，可她感觉不好，说画出来的东西都是垃圾，于是撕掉重画，这样的状态持续了很久。

她是个追求完美的人，一直这样。画坏一点，一定要撕掉；恋爱坏了，一定要扔掉。不给自己补救的机会，那态度是决绝的。

而我不是，我在磕磕碰碰，深一脚浅一脚地往前走。

我喜欢生活有瑕疵，太完美的生活必定让人失望。

画家女友对生活要求太高，第二次没有参加全国美展之后，她几乎崩溃，那种崩溃，是神经质的歇斯底里，是的，她把一切看得太重了。

她抽烟、酗酒，并且开始自虐。

她的画，展现出一种变态的狂乱。我去看她时，她永远在抱怨，说是那些人不懂她，大师永远是孤独的。她，已经变得让人难以理解。

我试着去劝她，让她先放弃，然后去旅行。她抽着烟，一脸茫然，问我人生的意义在哪里？

画不出画，难道人生就没了意义？

我让她换一种生活。

后来，她开了茶楼。

一个画家，居然开了茶楼，因为她把诗书画结合在一起，茶楼的生意好，再看她，脸上有了动人的芬芳。她阳光了，明媚了，换一种生活，就成为另一种人生。

她不再想全国美展，自己赚钱办画展，也赢得了满场喝彩。

问她的感觉，她说，在路上，这就是在路上的感觉。

我喜欢那种在路上的感觉，永远在路上，不停地奔波。

有时候，换一种生活会换一种态度。

有个阿姨，年少时喜欢钢琴，那时没有钱买，可是她一直喜欢。

现在，她买了一架钢琴，还报了一个钢琴班。天天去学钢琴，她家里最值钱的东西就是这架钢琴，在她贫穷的家里，富丽堂皇的钢琴显得异常突兀。她常常拉我去听她弹钢琴，她弹肖邦的作品，她说，肖邦是个孤独的男人。弹钢琴时，她满头白发，神态肃穆，非常动人。

我喜欢京剧已经十几年，只是盲目地喜欢着，不曾执着过。

去学戏的公共汽车上，我常常会看身边掠过的风景。快秋天了，好多庄稼要熟了。因为喜欢，我觉得这一路是那么快乐，甚至连一周以来遇到的烦心事也都忘记了。这人生如戏，有多少时候在台上，多少时候在台下，何必那么在意得失呢？

有时候会觉得精疲力竭，于是不再写字，请了长假，一个人去旅行。

我喜欢那种流浪的感觉，一个人，在路上。

走走停停，没有固定的地点，想在哪里下车就在哪里下车。在异乡的城市，吃着当地的小吃，然后看着繁华或落败的角落，感觉生活原来这样美好。这些为生活而奔波的人们，其实都在路上吧？

所以，我极少抱怨。

如果碰到过马路的小女孩茫然不知所措，我会伸出一只手说，来，我带你过去。

是的，这是在美丽人间的生活，好也罢，坏也罢，都要走过去。那么，自己走吧，哪怕深一脚浅一脚，哪怕此一时彼一时。

（摘自《读者》2006 年第 22 期）

# 心中的芦苇

张　弛

记忆中，有一片茂密的芦苇。她像自由的精灵，在远离世俗的淡泊中，独守江畔一方瘠土，筛风弄月，潇洒倜傥。瘦瘦的筋骨把生命的诗意一缕缕地挑亮，密密的芦花像一片片灿烂的微笑，将野地的清苦与宁静浓缩成亘古的沉默，醉倒了金风，醉倒了诗人。仿佛是王维的山水诗，寻不出现实意味和历史痕迹，只有一抹淡远空灵飘浮于烟的高度，还有一分清高，一分落寞，一分不为人知也无意让人知晓的随意与散逸，原始般的单纯和清淡。

芊芊芦苇，于滩涂上扎根，无拘无束；在纤桥旁摇曳，蓬蓬勃勃。从苍翠的湖绿，渐渐化作凝重的墨色，却依旧亭亭玉立，倩影婆娑。即使翻越季节的山峦，静候白霜降临，那满目的芦花与天上的白云融为一体，绵延至月光不能及的地方，也依旧洁白光泽，充满蓬松的张力，然后在冰冷的纯洁里画上生命的句号。

这白发苍苍的芦苇，是樵子柴担上悠然飘起的一缕秋光，是村姑眉宇间挥之不去的一抹苍凉的妩媚。像衣香鬓影的女子涉水而来，从古代，从《诗经》，"蒹葭苍苍，白露为霜"遂成千古绝唱。洄流中，弄篙荡舟的少年水手，采兰撷芷、在水一方的窈窕淑女，映衬着茂密的芦苇，成了三千年文明古国最优美的诗行。

倘若寄身木筏，去溯芦苇之源，那么，你能听到许多滩边涯际拉纤的号子和寨头镇尾浪漫的故事。你也会发现，苍凉凄美的芦花那么轻易就能拨动深藏的沧桑和历史的痛苦。

易水之滨，高渐离击筑，悲凉的旋律中，荆轲告别燕太子丹，踏上刺秦的不归路，他身后的芦花，一定在萧萧寒风中轻飐。乌江之畔，四面楚歌，西楚霸王柔肠寸断，在"虞兮虞兮奈若何"的哀叹声中，虞姬挥动长剑，裙袂飘飘，作最后的生命之舞。在她倒下的地方，雾茫茫，一片缟素，那是一岸的芦花在为这悲怆的诀别飘雪飞霜。汨罗江边，披发行吟的逐臣屈原，掩涕叹息，仰天长问。佞臣专权，楚王昏庸。居庙堂，不能为民解难；谪乡野，不能替君分忧。生命的大寂寞郁结于心，奔突于胸，使诗人纵身大江，荡起的涟漪是芦苇悲鸣的泪滴，在湿湿的夜色中流淌。青青的生命的枝叶包裹起千千万万人民的崇敬和思念，投入历史的长河，成为端午节最深沉的纪念。

真正拥有芦苇，是在大学时代。我喜欢在学校后面的江边漫步——那里，茂密的芦苇像无边的绸带，向着远处缓缓铺开。流苏似的芦花，像云，阵阵清香在如纱似雾的月光中弥散。牛乳般的暮霭流动如烟，小鸟在苇丛中呢喃，还有几声蝉鸣，几声虫唱。宁静、温和，洋溢的诗情触手可及。倘是周日，阳光暖暖地流泻，我用苇叶编一只小船，轻轻放入江中，看它悠悠地随风而去。更多时候，我一卷在握，于芦花下，和屈子同愤，跟太白同醉，与东坡同发少年狂。在绵绵秋雨和茸茸的芦花织成的透明心境中，我读懂了字里行间的辛酸、痛苦、孤独、浓醇、率真和苦涩。人世沧桑和历史悲剧熔铸的惨痛，犹如滴血的利刃，我们的前人把它揉碎了，咽下，宁可肝肠寸断，也要噙着泪带着微笑，轻轻地说：往事如烟啊！

　　人是孱弱的，就像一根芦苇，但人又是坚强的，从柔弱中焕发出无穷韧性，那种连自己都有可能意识不到的坚韧，陪伴着我们一路向前。法国哲学家帕斯卡尔说："思想形成人的伟大。人只不过是一根芦苇，是自然界最脆弱的东西，但它是一根能思想的芦苇。"

　　这根能思想的芦苇，就是你，就是我……

（摘自《读者》2002 年第 1 期）

# 风声在耳

凸 凹

　　走在熙攘的街市上，看着攫利者飘忽的行色，听着叫卖者嘹喨的声音，内心不禁忧郁起来，感到人到底是被生计追迫着，本质上是与觅食的兽们无多大差异的。古人把人叫"两脚兽"，是确当的。既然是兽，对物质的索求，便是情理之中的事——这是生之维系的基础。并且，世人多认为，物质索求得愈多，支配起来就愈有余裕，生命的自由就愈多。

　　然而，即便对物的追逐是人性的，但被物支配着的人的生活，终有沦落的味道，因为人到底是人，而不是兽。想到此，心情竟烦躁起来。

　　从市街趸回书房，翻几本闲书，一本纪德的《人间地粮》，一本《梁宗岱批评集》，一本《难忘徐志摩》。当我作无目的阅读的时候，总是同时翻几本书。便发现了一个趣处：同是面黄骨瘦之人，却都有丰腴的浪漫情怀；现实拘其不住，我行我素地活得很热烈，很幸福（至少在感觉上很幸福）。稍做思忖，我笑了：他们都是被书香涵养着的人，他们生活在精神里，因而，他们具有了一种"神性"，即：不为物象所动，煮字疗饥。感觉着他们的"神性"，烦躁的心竟在不知不觉间，平静如水。

便想到了梭罗。梭罗在瓦尔登湖畔筑屋而居，远离红尘，仅靠最起码的一点物质资料为生，居然喂肥了那原本枯瘠的心地，成就了伟大的超验主义代表作《瓦尔登湖》。在书中他说：多余的金钱，只能购买多余的物质，真正的生活所需，是不需钱的。沿着梭罗的指引，我想人之所以生活得惶恐与急迫，是把追逐多余的物质，当作人生的目的了，悲苦生于欲望本身也。

所以，涵养着书香的人，与物欲淡远了，饱尝着简约之境给内心带来的平静。这种平静，就是心灵的自由，就是幸福本身。那么，书籍对人的意义就显得至关重要了，它作着这样的证明：人与兽的区别就在于，人可以不为生存而生存。

一书在手，神游太极。这是唯有人，才能领略的境界。也就是说，人完全可以生活在精神之中。

思至此，我又忆起素日的一些关于书的感受：

——当自己最看重的一些人、一些事、一些感情，由于世事的乖戾，机缘的作弄，突然就离你而去了，便感到山之欲倾，身之欲倾，几乎感到再也没有生的出路了。无奈之下，躲进书房，拿一册蒙田的随笔，硬着头皮读下去，慢慢竟入卷了，从字里行间悟出：自己的苦乐感受其实古已有之，正是这种不请自到的磨砺，才使人聪敏起来；人间没有新鲜之事，更没有决绝之事，你只要有耐心走向时间深处，一切都会自行化解，一切都会有新的开端。于是，内心的皱褶竟慢慢舒展了，感到自己的偏执真是有几分可笑，我之愚甚于古人。当书读得沉酣之时，感到，有书可读得进的日子，其实什么都没缺少。书真是疗心的药剂啊！

——人时时会陷入沉沉的孤独之中，亦会感到人生的短暂和飘忽，便生出难以排遣的幻灭感。但一旦进入书的境界，发现每本书都是一个无言的友人，只要你肯于与其亲近，他都会与你娓娓地叙说，就像小草沐浴甘露，你的心便倏地清亮起来——日子其实是毫不灰暗的，是你未打开心灵的窗子。静静想来，书是人类不竭的生命：人只有一次生命，每人都只有一种生命感受，但你每读一本书，就多了一种生命感受，那么，读过千本万本书，你就拥有了千条万条生命。同样，一个人只能活一生，但只要你从古读到今，你就拥有了千百万年的人生经验，就等于你从古活到今。如果你再留心著述，你的人生轨迹会延伸到时空的深处，你是不死的。

于是，人与兽的根本不同，就在于：人可以以精神疗救肉体；也可以以精神的记述——书籍，拓展延续生命的疆域，使生命不朽。

正是这种属性，才使人高贵起来；那么，匍匐在物质之上的人，不仅是沉沦，而且是自戕。

"宫殿里有悲哭，茅屋里有歌声"——人的幸福，是由精神支配的，不取决于物质的多寡。

"贫穷而能静静地听着风声，也是快乐的。"这是海德格尔"人要诗意地栖止"的形象阐释。人摆脱了物质的羁束，在精神的世界里会得到无限的自由。

在书房里阅读，不亦是风声在耳么？

这样的意象在脑中闪现出来之后，我不禁笑出声来。连忙点上了一支烟，吐出的烟雾，有甜丝丝的味道。有人说得好："一个人越是有思想，越是能发现人群中卓尔不凡的情调；一般人是分辨不出人与人之间的差异的。"这种差异，决定了幸福的深度和生命的质量，也决定了我手中这支烟，不仅仅是一支烟。

（摘自《读者》2001 年第 19 期）

# 要成为一个有光彩的人

李 敖

在我成长的过程中，我曾花了许多气力来把自己锻炼成钢铁。锻炼的方法，不论是东海圣人的，还是西海圣人的，我都一网兜收，从摸索和试验中，求得安身立命之道。我对这种自我炼钢，是很用心的。今天我能有一些个性、一些独来独往的气魄、一些"虽千万人，吾往矣"的决绝，追溯起来，都跟我早年的刻苦自励有密切关系。

## 第一等人

躺在床上冥想"第一等人"的境界（如富兰克林见到伏尔泰，胡适见到罗素），的确使我胸怀宏伟。多想想"第一等人"自处与对人的态度，会使我心中长存着第一等念头，而把第二等以下的思想、言论与行为全抹去。凡是属于"第一等人"的人，他们应付欢乐与不幸的态度几乎是一样的。

老罗斯福总统曾说，他每逢遇到困难，就抬起头来望着挂在墙上的林肯的相片，并且问自己："倘若林肯遇到这个问题，他将怎样做呢？"这是给自己去从取舍的一个好标准。遇事能学着用"第一等人"的观点去看事情，不但是一种伟大的作风，而且还会给自己带来许多宽慰与安静。

亚里士多德说："气度宽宏的人无论遭遇命运为善为恶，皆能适度以应之。成功不以为喜，失败不以为悲，外界的毁誉褒贬，概不介怀，只是为所当为，为所可为而已。"这是何等恢弘的胸襟与素养！

## 英雄之气的意志

我做人在方法上有两大元素：理智与意志。理智为常，为体；意志为变，为用。

钱思亮说："胡博士虽然一身有好几种病，但毕竟是一个意志非常坚强的人，他之能够吃苦耐劳，向为朋友们所最钦佩。"但是胡适的意志是长者化了的，未免缺乏英雄之气，如今我所要求自己的是一种有"英雄之气的意志"。

## 有条件地回想

事情过去了就总算是过去了，我虽不愿遗忘，但也的确不愿再回想，一切欢乐、眼泪与名分都已逐渐成为往事。既然都成为往事，"我们就不要回头望，除非是要从过去的错误中吸取有用的教训，和为了从经验中获得益处"（华盛顿），否则对既往的缅怀与回想都将是我目前的毒素。我为自己订了一个严格的标准：凡是对"现在"有害的回想与想象，我一律不去想它。

## 论懒惰

我发现我若用苏格拉底的标准来衡量自己，我也和这些男人们无异——是一个五十步笑百步的懒蛋。苏格拉底的标准是："不只是不做事的人，还有那些原可做得更好的人，也算是懒惰的。"直到今天午后，我才真正地发现自己的确是一个懒惰习惯甚深的人！追想起来，我的读书生活，虽然有许多地方还是比别人高明，可是我仍然非常不满意，因为我"原可做得更好"。詹姆士说："若拿我们应当成就的标准来衡量，我们只是半醒着，我们只用了自己身体和智力的富源的一小部分。广泛地说，人们现在的生活距他们的限度尚远，我们具有许多平常不曾利用的力量。"

所以懒惰不是一种清福，而是一种不安和不幸（对内心说来是不安，对事业说来是不幸），内心的快乐与事业的成功，都不是懒惰所能得来的。

好逸恶劳、怕吃苦、贪容易，都不是成大事者的气象。

## 宁　静

自图书馆做工回来，心中真是恬静极了，这可说全是"不做自了汉"的胸怀与志愿带给我的安宁。对我来说，养成一种恬静、安宁的习惯，在这漫长的生活中将是一件十分必要的事。弥尔顿说"宁静是克己的王冠"，克己的功夫到了炉火纯青的地步时，我便会得到一个永远平稳和谐的心境了。

"宁静的人，虽然遇到人生的大恐慌，心底也是一波不起。他们在日常生活中，盖已培养了一种伟大的定力，任何刺激，可以不为所动。"

（摘自《读者》2010 年第 16 期）

# 你想一鸣惊人吗

刘　墉

说个有意思的故事给你听。

有位非常走运，又非常不走运的警官。

非常走运的是他做了几十年的警务工作，由小警员升上警官，一直到将近退休，居然没有遇过一次盗匪，没有开过一枪。

非常不走运的是，就在他退休的前一天，经过一家银行，正看见有人抢劫，于是掏枪吓阻，不幸对方也有枪，而且比他先发射。他死在最后一天的任上，手中握着他一辈子没真正用过的枪，枪里居然忘了装子弹。

你说这警官笨不笨？又倒霉不倒霉？他说不定正因为隔天要退休，所以没装子弹。他也可能想，反正口袋里有子弹，遇到情况再装也来得及，没想到歹徒当面拔枪。

他难道不知道，作为一个值勤的警官，枪里总要有子弹，即使一辈子遇不见一次盗匪，他也应该随时清理枪械并到靶场练习，因为"携枪千日，用在一时"，平时总要为战时做准备？

如果换作你是他，你会不会像他那么笨？

你一定不会，对不对？

但是让我问你，如果你很喜欢诗词，那么背几首给我听吧！你很爱古文，那么背一篇《岳阳楼记》或《桃花源记》吧！

你背得出来吗？

我再问你，如果你已经学了好几年钢琴，也自认为弹得不错，有一天家里来了许多朋友，大家起哄，要你表演几首，你是不是能够立刻开一场小型演奏会呢？

抑或，你会说"没有准备，怎么弹"。

说到音乐，你知道 20 世纪最伟大的指挥家伯恩斯坦是怎么一夕成名的吗？

那是 1943 年，在他担任乐团副指挥的时候，有一天演出之前，正指挥生病了，临时由他代为上场。

25 岁的他，在后台紧张得要死，但是一上台就什么紧张都忘了，他尽情地发挥，只记得整场演奏结束，台下的观众起立、鼓掌、尖叫。

伯恩斯坦就这样"一鸣惊人""一炮而红"。用那一个晚上的"机遇"，开创了下面 50 年的"伯恩斯坦时代"。

当你羡慕他的"机遇"的时候，有没有想过，他怎么临时接到命令，立刻能从容应付，而且表现得无懈可击呢？

他怎么对当天演出的曲子那么了解、那么熟练呢？

他怎么好像随时准备好，仿佛一个出勤的警员，枪里总装着子弹，随时准备击发呢？

再说个故事吧！

你知道唐代大诗人陈子昂 21 岁到京师，是怎么"一日之内，名满都下"的吗？

陈子昂有一天遇见个卖琴的人，开价百万，大家都买不起，陈子昂却运来现金，当场买下。

四周的人问："想必您一定琴弹得非常好。"

陈子昂说："我确实善于此。"

大家又问能不能欣赏一下呢。

"可以！"陈子昂说，"明天请大家来我家。"

第二天，大家都到了，陈子昂准备了酒肴招待，捧出琴，对大家说："我陈子昂有文章上百卷，大家不知道，居然对这区区弹琴的小技感兴趣。"说完把琴举起来，当场砸碎，并且把上百卷文章分送给大家。

就这么一天，陈子昂成名了。

当你想陈子昂未免太诈，而且家里必定十分富有的时候，你想没想过，如果换作你，并且有人为你出钱买琴，准你砸琴，你又是不是能在一天之间，拿出上百卷的好文章给大家看呢？

陈子昂不是跟伯恩斯坦一样，早有准备吗？

再往前看一个你最熟知的故事吧！

刘备三顾茅庐，跟诸葛亮一席话，就托以重任，请出孔明。

孔明如果没有两把刷子，刘备会折服吗？

如果今天换作你，也躬耕于南阳，苟全性命于乱世，不求闻达于诸侯，平日对天下大事毫不关心，毫不思索，有一天刘备造访，你能提得出那许多"经国之宏论"吗？

孔明是不是在隐居的时候，也时时用功、处处用心，所以能一鸣惊人呢？

每个人都希望自己能一夕成名、一鸣惊人，可是有几人知道"一鸣惊人"的人，绝不是临时抱佛脚、恶补考上学校的那种人！

能"一鸣惊人"的，必定在他"不鸣则已"的时候，不断养精蓄锐；能"动如脱兔"的，必定在他"静如处子"的时候细细观察；能"一夕成名"的，必定在那一夕之前，有着千百个夜晚，暗暗地演练。

于是你可以想象，柏恩斯坦在担任"后备指挥"的时候，是多么可怜。他有才华，但是没机会，只能静静地看那正指挥在台上演出，接受掌声。

所幸他终于得到发挥的机会，更所幸他随时都在充实自己、准备自己，如同陈子昂写作百篇好文章，诸葛亮细窥天下大势。

请问，你有没有随时准备好你自己？

抑或，你是只有到考试才读书，只有到演奏会才练熟整首曲子，只有到遇见盗匪才装填子弹的人。

你会不会像那位警官，该开枪的时候开不了枪，第一次应战就死了？

（摘自《读者》2001 年第 19 期）

# 命运夺不走的自由

青 黎

　　《七十七天》被誉为"史上最勇敢的电影"。影片的主人公蓝天在现实生活中确有其人，她本名叫尹朝霞。

　　蓝天毕业于中央美术学院摄影专业，早年是一名户外旅行爱好者。她背着相机走过许多地方，拍下无数的风景。那时的她，是圈子里有名的摄影师、青年旅行家。多家知名的摄影杂志争相向她约稿，大好前程不断向她招手，直到一次意外降临。

　　2009 年，蓝天去墨脱徒步旅行，投宿在一家青年旅社。旅社二楼的平台是观星星的好地方，能看到群星闪烁的醉人景象。夜幕降临时，蓝天带着摄影器材爬上平台观星拍照。星空太迷人了，每一颗星星都像璀璨的宝石，以至于蓝天完全沉醉其中，忽略了栏杆已经松动的情况。当她倚在栏杆上拍摄星空时，突然仰面从楼上摔下去，当即陷入昏迷。

医生遗憾地向蓝天宣布，她的余生都将在轮椅上度过。年轻的她不愿意相信医生的断言，被家人接回深圳后，她辗转于多家医院接受治疗，仍未能改变高位截瘫的事实。希望破灭后，她陷入无边的绝望，不断问自己："追逐梦想有错吗？命运为什么要这样惩罚我？"

该用余生来做点什么呢？蓝天喜欢藏地，也热爱拉萨纯净而自由的空气。经历了一段消沉期之后，她鼓起勇气规划出全新的生活蓝图——去拉萨开一家客栈。

为了实现这个愿望，她一遍又一遍地练习如何坐在轮椅上完成日常生活。接下来她又学着用轮椅下台阶，完成那些难度较高的动作。随后，她在朋友们的帮助下，在拉萨开了客栈，她坐在轮椅上监督装修、指挥布置。需要处理的琐事极多，但蓝天硬是一个人扛了下来。"她面容平静，做事利落，整个人像旋风一样刮进刮出，所到之处像被施了魔法一样，变得井井有条。她是一个神话般的存在。"这是来客栈住宿的客人对她的评价。

夜晚忙完客栈里的事，蓝天还是会坐在轮椅上看星星。虽然因为观星而遭遇不幸，但她依然觉得浩瀚的星空美得让人流泪。

对蓝天而言，身体上的残缺给她带来的最大不便，不是限制了她的行动，而是限制了她生命里的许多可能性。一个健全的人再怎么折腾，别人都不会过分关注，可对一个身体有残缺的人来讲，稍微有些大胆的想法，别人就会说她异想天开。当初，她要去拉萨开客栈时，便有人劝她："在家附近做点小生意多好，何必舍近求远，自讨苦吃？"后来蓝天咬着牙把事情做成了，又有人对她说："你能做到这些已经很不容易了，不要对自己要求太高，要求越高，活得越累。""可是我有我的梦想啊，其他人有什么资格为我的人生设限呢？"蓝天对此很不解。

她向往在雪地里疾驰的感觉，于是练起了滑雪。现在，她已经能够在残疾人专用的滑雪板上收放自如，不仅能飞驰，还能做不少高难度动作。教练表扬她："你真没辜负'蓝天'这个网名，滑起雪来就像一只鸟在蓝天滑翔，以后再有学员恐惧滑雪，我就带他们来看看你的表现。"

蓝天的老家在深圳，每次回乡都大费周章。她不想总是麻烦朋友和家人，便下决心考驾照。克服了诸多困难后，她考取 C5 驾照，并决定自驾走 318 国道，从拉萨到成都再回家乡。这个想法最初遭到所有人的反对，因为一路上随时都有可能出现雪崩、碎石、风沙等状况，但蓝天还是大胆地开始了自驾之旅。最终，她克服重重困难，返回家乡。半路车子出故障的时候，她钻到车底修理，肌肉都被冻得僵硬。"太难了，我真的好累。"她在电话里告诉朋友，"可这是我自己的选择，我必须坚持到底。这就是自由做自己的代价。"她的声音听上去疲惫而笃定。

转山也是蓝天一直以来的梦想。坐着轮椅行走，一路上，一个人最常做的事情就是同自己对话。最初，她不断地问自己，也问神灵："为什么是我？为什么要我遭遇这样的命运？"可是走着走着，她的内心获得了彻底的平静，也意识到：生命的本质就是无常，双腿残疾仅仅是躯壳上的限制，如果失去了追逐自由的能力，才是真正可悲的。

"愿你有能做自己的自由，和敢做自己的胆量。"这是电影《七十七天》的宣传语。可对蓝天而言，做自己需要付出极为惨重的代价。命运就是扑面而来的洪流，令人无处躲藏，她却为了自由选择迎难而上，背水一战。

（摘自《读者》2018 年第 12 期）

# 飞越密西西比

毕飞宇

2006 年 8 月，就在我来到爱荷华的第二天，在一个酒会上，我认识了本·瑞德。这个年轻的美国人出生在加州，念小学的地方却是北京。在一大堆说英语的人中间，突然冒出一个"京片子"，我的喜悦是可想而知的。本·瑞德是个纯爷们儿，说话直截了当，他说他来参加这个酒会只有一个目的——问问我这个爱运动的人"想不想开飞机"。我刚刚来到美国，人生地不熟，好不容易逮着一个会说北京话的美国人，我怎么能放过呢。我想都没想，说："当然。"老实说，我并没有把这句话当真——什么话都当真，我还活不活了？

第三天还是第四天上午，本·瑞德来电话了，问我下午有没有时间，我说有。他说："那我们开飞机去吧。"我没想到事情来得这样快，心里还在犹豫，嘴上却应承下来。还没来得及摩拳擦掌呢，聂华苓老师的电话就来了。我兴高采烈地告诉她，我马上就要开飞机去了。聂华苓老师的反应大大出乎我的意料，她不允许。她的理由很简单，我是她请来的，"万一出了事怎么办？"她的口气极为严厉，似乎都急了。我为难了——飞，还是不飞？这成了一个问题。

我的处境很糟糕，无论我做怎样的决定，都得撒一个谎，不在这一头，就在那一头。可我得做决定。我的决定很符合中国文化：在兄弟和母亲之间，一个中国男人会选择对谁撒谎呢？当然是母亲。先得罪母亲，然后再道歉。

只有6万人口的爱荷华，居然有4个飞机场。这些机场既不是军用的，也不是民用的，它们统统属于飞行俱乐部。事实上，许多美国成年人都是飞行员。我对本·瑞德说："你们美国人就是喜欢冒险。"本·瑞德却不同意，他说："我们其实不冒险，我们很相信训练。"

我终于来到飞机跟前，严格地说，这是一架教练机，总共只有两个座位，一个主驾、一个副驾。飞机很窄，长度也只有4米左右。飞机的最前端还有一个四叶（也可能是三叶）螺旋桨。

当然，我坐在副驾座位上。机场上空无一人，我们周围更是空无一人。就在发动前，本·瑞德大喊了一声："前面有人吗？"无人回应。本·瑞德又喊了一声："后面有人吗？"还是无人回应。本·瑞德的这个举动无厘头极了，明明没人，喊什么喊呢？可本·瑞德告诉我："必须大声问，规则就是这样。"我想了很长时间才把这个无厘头的问题想明白："看"是一种纯主观的行为，它与外部并不构成对话关系。所谓规则，它是针对所有人的，不可以有身份上的死角，不可以依据个人的感受。飞机终于升空了，为了奖励我这个远方的客人，本·瑞德首先做了一个游戏，他把爱荷华的4个飞机场统统给我"蹚"了一遍。下降，滑行，再起飞。我很喜欢这个游戏，每路过一个机场，我们都像在汽车里头，远远地望着一排简易的建筑物，然后，"汽车"一蹦，上天了。

我给本·瑞德提了一个要求，我想去看看聂华苓老师家的屋顶，她老人家都不一定看过。我知道聂老师的家坐落在爱荷华河边的一个小山坡上，我们很快就找到了。飞机在聂华苓老师家的屋顶上盘旋了好几圈。因为盘旋，飞机只能是斜着的，错觉就这样产生了，整个爱荷华都倾斜了，房屋和树木都是斜的。很玄，是古怪无比的天上人间——因为错觉，世界处在悬崖的斜坡上了，一部分在巅峰，一部分在深谷，安安静静的。只过了一分钟，世界又颠倒了，巅峰落到谷底，谷底却来到巅峰。就像瑞士诗人特朗斯特罗姆所说的那样："美丽的陡坡大多沉默无语。"是的，沉默无语，世界就这么悬挂起来了，既玄妙，又癫狂。怎么说呢？说到底，眼睛所见从来就不真实，我们的视觉从头到尾都只是一个习惯。习惯，如斯而已。因为飞机小，飞行的半径也小，没几分钟，我就晕机了。我说："咱们还是走吧。"

本·瑞德把飞机拉了上去。借助攀升，飞机飞出了爱荷华市区。现在，我可以好好地俯视一下美国的大地了。在哪一本书上呢？反正是关于哥伦布的，我曾经读到过这样的句子："他来到一块郁郁葱葱的大陆。""郁郁葱葱的大陆"，多么迷人的描述，如诗如画，如梦如幻。

我要感谢小飞机的飞行高度，3600米。相对于我们的视觉而言，3600米实在是一个恰到好处的高度。1912年，瑞士心理学家爱德华·布洛发表了他的重要著作：《作为艺术因素与审美原则的"心理距离说"》，从那个时候起，"美是距离"就成了一个近乎真理的假说。可我并不那么佩服这位瑞士心理学家，他的发现一点也不新鲜。我们的苏东坡在900多年前就这么说了："不识庐山真面目，只缘身在此山中。"

我不知道作为审美距离的心理距离应当如何去量化，但转换到物理空间，作为一种俯视，3600 米的高度实在是妙不可言——大地既是清晰的、具体的、可以辨认的，又是浩瀚的、苍茫的、郁郁葱葱的。是的，郁郁葱葱。我知道的，这个郁郁葱葱可不是哥伦布的郁郁葱葱，它是自然，更是人文。准确地说，是康德所说的"人的意志"，是大地之子对大地郁郁葱葱的珍惜和爱。

飞机到达最高点之后，平稳了。本·瑞德突然给了我一个建议："你来试试吧。"我当即谢绝了，飞机上不只有我，万一出了事，那可不是闹着玩的。当然了，毕竟是教练机，如果换我来驾驶的话，委实很方便，连位置都不用挪——所有的仪表都在正中央，我可以看得清清楚楚；至于操纵杆，那就更方便了，主驾室里一个，副驾室里一个。只要本·瑞德一撒手，我接过来，其实就可以了。

本·瑞德没有坚持，似乎突然想起了什么，他对我说："我们去密西西比河吧。"我问："需要多长时间？"本·瑞德说："大约一个小时。"那还等什么呢，去啊。

我们抵达密西西比河上空的时候，太阳已经偏西。大地依然郁郁葱葱，可是，就在"郁郁葱葱"里头，大地突然亮了，是闪闪发光的那种亮。这"亮"把"郁郁葱葱"分成了两半。因为折射的关系，密西西比河一片金黄。它蜿蜒而过，慵懒而又霸蛮。我的记忆深处当然有我的密西西比河，那是马克·吐温留给我的——商船往来，热闹非凡，每一条商船的烟囱都冒着漆黑的浓烟。可是，我该用什么样的词语去描绘我所见到的密西西比河呢？想过来想过去，只有一个词：蛮荒。

蛮荒，史前一般的蛮荒。许多粗大的树木栽倒在岸边，在偶然出现的沙洲上，傲然挺立着一两棵孤独的大树，浩大的寂静匍匐在这里。18 世纪普鲁士美学家温克尔曼说："高贵的单纯，静穆的伟大。"那是评价古希腊艺术的。我想说的是，公元 2006 年，一个如此现代的社会，它的母亲河居然是洪荒的，这是何等壮阔、何等瑰丽的一件作品。造就它的，不仅仅是历史，还有现代。我震惊于密西西比河的蛮荒、原始、神秘、单纯，以及伟大。

我对本·瑞德说："我们就沿着密西西比河飞行吧。"可是，本·瑞德把话题又绕回来了，他说："你还是试试吧。"我依然不肯。本·瑞德说："你还是试试吧，说不定你这辈子就这么一次机会。"

我要承认，本·瑞德的这句话打动我了。我开始犹豫。我想是的，本·瑞德的话也许没错，这样的机会不是随便就有的，我得把握。我的手终于抓住了操纵杆。本·瑞德撒开手，关照我说："一旦出现问题，你立即丢开，什么也不用管。"

我终于驾驶飞机飞行了，我的注意力集中起来。集中起来干什么呢？重新分配。驾驶飞机从来就不是一个单一的行为，你得处处关照。你必须时刻关注飞行的高度、速度、航线、本·瑞德替我翻译过来的塔台指令、舷窗外的前后左右。当然，最重要的关注点还是在手上：飞机的操纵杆可不是汽车的方向盘。如果说汽车的方向盘只管左和右的话，那么，操纵飞机需要控制的还有上和下。还有一件事我需要强调一下，飞机是悬浮的，它实际的飞行动态和你手上的动作存在一个时间差，在你做完一个动作之后，它要过一会儿才能够体现出来。

我想我还是太紧张了，人一紧张，注意力就很容易"抱死"，我太在意推和拉，也就是飞机的上和下了。是的，我害怕飞机处在突然攀升或突然俯冲的状态之中。上和下的问题总算被我控制住了，可是，我再也顾不得左和右了。在我左转或右转的时候，我的动作都是临时的、补救性的，过于迅猛、过于决绝了。这样一来，飞机飞行的样子可想而知。它摇摇晃晃，不停地摇摇晃晃。我又想吐了。飞行对飞行员健康的要求我想我是领教了。密西西比河就在我的下方，可是，对一个一心想吐的人来说，他的眼里哪还能有风景呢。

因为拙劣的驾驶，我的飞行反而有趣了，一会儿在密西西比河的左岸，一会儿在密西西比河的右岸。可本·瑞德很镇定。无论我驾着飞行怎么"玩心跳"，他都气定神闲地望着窗外。老实说，我真的很想把飞机开回爱荷华，可是，不能够了。一个哈欠就可以让我吐出来。

在后来的岁月里，我时常回忆起我那丑陋的驾驶模样。我知道了一件事——集中注意力固然是一件不容易的事，可是，只有把注意力集中起来之后再有效地分配出去，生命才得以舒展，蓬勃的大树才不至于长成一根可笑的旗杆。我们把话题往小处说，就说写小说吧。写小说的"第一行为"当然是打字，你必须把注意力集中在语言上，可是，这不够，远远不够。你的身边还有许许多多的"仪表"呢，你得关注它们。你必须在关注语言的同时，时刻关注人物、人物与人物的关系、人物性格的发育，环境、人物和环境的关系，思想、思想的背景，情感、情感的背景，故事、结构、节奏、风格，甚至勇气。写作是一个大系统，在这个大系统里，我们的注意力可不能"抱死"，一旦"抱死"，你只能摇摇晃晃，自己想吐，别人也想吐。平稳的飞行看上去最无趣，但是，这样的无趣考验的正是我们的修为。再别说狂风暴雨了，再别说电闪雷鸣了。

我真的驾驶过飞机吗？老实说，我没有。我貌似驾驶过一次飞机，那是因为我的身边始终坐着一个人，他离我最近。我始终感谢离我最近的那个人，他的镇定里有莫大的友善和信任，近乎慈悲了。善待这个世界，信任这个世界，许多不可思议的事情就这样变成现实。

飞行回来的当天晚上，我来到聂华苓老师的家，我把下午发生的事情都告诉了她。聂老师很生气，后果很严重！她张大嘴巴，伸出她的一根手指头，不停地点。聂老师的个子不高，肩膀也不好，胳膊抬不高。我低下我的脑袋，一直送到她的跟前。聂老师的食指压着我的太阳穴，狠狠地顶了出去。

（摘自《读者》2018 年第 10 期）

# 放弃牛津的勇气

李 斌

选择到青海三江源，亲历一线保护工作时，李雨晗放弃的是来自英国牛津大学、美国哥伦比亚大学和杜克大学的 offer。

在北京大学 119 周年庆典上，作为毕业生代表的她第一次说出自己的这个决定。会后，一位老人走到台前找到她，说："姑娘，你的决定是错的，你将来一定会后悔的。"

按照罗德基金会的说法，李雨晗属于中国最优秀的一批学生。2017年 12 月 2 日，她获得了罗德奖学金，该奖学金素有"本科生的诺贝尔奖"之称。作为山水自然保护中心的研修生，她在青藏高原管理着三江源国家公园内的一个科学研究站。

李雨晗曾是北京十一学校的"年度荣誉学生"，后来又到北京大学元培学院读政治学、经济学与哲学专业（PPE）。就在那时，她确定要把动物保护变成终身事业。"对我来说，去三江源要比马上去上学更重要。"李雨晗说，她想看到一件事情具体的样子，不愿意只在想象中学习。

在三江源，她与同事开着车翻山越岭去找牧民，入户调查野生动物捕食牲畜的情况以及如何处理垃圾等问题。

藏民们"非常安详，一点也不着急"的生活态度让李雨晗很受触动。这个女孩儿明白：自己的人生不需要急急巴巴地过——赶快读完书，赶快找个好工作，赶快挣大钱。从漫长的人生来看，晚一两年没有什么。

在三江源，她看到了人、动物、自然的和谐与平衡。"我们所做的事情，就是鼓励和帮助当地人保护好环境，尊重他们，教会他们保护家乡的知识和技能。"

在三江源，李雨晗不会因来自大城市而产生优越感。"我完全不会这样想，我就是来向他们学习的，他们所具备的有关当地的知识是我没有的。"她这样给自己定位。

与藏民语言不通，李雨晗也会乐呵呵地聊下去。她认为，很多事情你要主动才能得到。在北京十一学校时，李雨晗曾负责接待一批获美国总统奖的来访学生。他们告诉她，到一个新的环境，最重要的是要主动和别人说话，否则别人可能会以为你害羞或因尊重你而不与你交谈。"我发现他们这样做，能交到很多朋友。"李雨晗说。

她所在的工作站坐落在一片平坦的草地上，有一个特别大的落地窗，窗外就是奔流不息的澜沧江。还有一个大大的玻璃顶，晚上躺在下面可以看到璀璨的星空。"卫生间则是广阔的天地，左边的小树林是男厕所，右边的小树林是女厕所。"李雨晗笑呵呵地说，"条件还是挺好的，没有想象中的那么恶劣，无非是不能洗澡，只要把这点克服了就好。"每次野外工作结束，她会坐4个多小时的车，回到玉树市区的工作站洗个澡。

危险虽有，但屈指可数。一次是开车去野外，天降大雪，路面结冰，李雨晗一路开得特别小心，害怕一不留神冲下悬崖。还有一次，她回到工作站却没有带钥匙，当时下着瓢泼大雨，雷电交加，周围没有人烟，一片漆黑。在等待同事回来的几个小时里，李雨晗待在车里，生怕一个雷劈过来。曾经还发生过一件事，当他们回到工作站时，发现玻璃门碎了，刚开始以为来了熊，特别害怕，后来发现是被牦牛顶坏的。经过此次惊吓，他们把工作站的门窗都加了一层铁丝网。

对于李雨晗的玉树之行，父母只是有点担心，害怕女儿一去就上了瘾，一待就是三五年。至于其他问题，他们很放心。李雨晗出生在大学教师家庭，从小沐浴自由之风，即便读小学时，父母也会给她自己选择的机会，很少干涉。

喜欢看书和旅游、不看电视剧和动漫的李雨晗，敢于暂时放弃留学而选择前往三江源，还得益于学校教育。"怎么样把想法转化为行动，是需要一点勇气的。"她说，"十一学校给了我向前闯的勇气，而北大和中学母校很相似。它们都为学生提供多种可能性，通过一次次的活动让你积累经验，最终你会明白，你的一些想法是可以通过努力变成现实的。"

从2018年9月开始，罗德学者李雨晗将在牛津大学深造，攻读生物多样性、自然保护和管理的硕士学位。但她喜欢待在三江源，一回到玉树市区就不自在，想去野外。在一篇文章中，李雨晗写道："这几个月来，我渐渐地可以自己独立爬山，也学会如何在冰天雪地中捡牦牛粪生火做饭。现在，有人会把我认成藏族姑娘，我想这是一个好的变化，说明我和这片土地越来越熟悉了。"

（摘自《读者》2018年第6期）

# 引得春风度玉关——左宗棠之死

冯伟林

一

　　光绪十一年，即 1885 年 7 月 27 日清晨，74 岁的湘人左宗棠停止了呼吸。他是在福州北门黄华馆钦差行辕任上去世的。

　　接到丧折后，慈禧太后的心情是复杂的，"中国不可一日无湖南，湖南不可一日无左宗棠"，言犹在耳，左宗棠却说走就走了。走了也好！这个汉人太强悍，太无拘束，甚至在万寿圣节也不参加行礼。但态还是要表的，不然还有谁愿为朝廷去卖命呢？于是诏谕立即明发各省：追赠左宗棠为太傅，恩谥"文襄"，赏治丧银三千两。

　　就在太后下达诏谕后的一个夜晚，福州暴雨倾盆，忽听一声霹雳，东南角城墙顿时被撕裂一个几丈宽的大口子，而城下居民安然无恙。老百姓说，左宗棠死了，此乃天意，要毁我长城。

左宗棠死了，左公行辕标着"肃静""回避"字样的灯笼，换成了罩以白纱的长明灯，沉重的死亡气息，压得人透不过气来。这盏盏白灯，宣告着一个时代的终结。拥有二等恪靖侯、东阁大学士、太子太保、一等轻骑都尉、赏穿黄马褂、两江总督、南洋通商事务大臣等7个头衔的左宗棠，这个风光了一生的男人，终于退出了历史舞台。

法国人松了一口气。他们正在攻占台湾岛，他们的军舰还在东海耀武扬威。左宗棠与他们摆开了决战的架势，发出了"渡海杀贼"的动员令。左宗棠一死，便群龙无首了。他们吃过左宗棠的大亏，知道他是雄狮。一头狮子领着一群羊，个个是狮子；而一群狮子被一只羊领着，个个就成了羊。

英国人松了一口气。英国领事在上海租界公园竖有"华人与狗，不得入内"的牌子，左宗棠下令侍卫将其立即捣毁并没收公园、逮捕人犯。端坐在八抬绿呢大轿中的左宗棠，身穿黄马褂，头戴三眼花翎，手执鹅扇，面容饱满，威严无比。只要他进入租界，租界当局立马换上中国龙旗，外国兵警执鞭清道。但现在，左宗棠死了。

俄国人松了一口气。左宗棠用兵车运着棺木，将肃州行营前移几百公里至哈密，"壮士长歌，不复以出塞为苦"，准备与俄军决一死战，终于把他们从新疆赶走，把他们侵占的伊犁收回。左宗棠一死，中国少了一个硬骨头。

李鸿章松了口气。一个月前，他在天津与法国签订《中法会订越南条约》，这是中国军队在战场上取得重大胜利之后，莫名其妙地签订的一个地地道道的丧权辱国条约，是世界外交史上空前绝后的奇闻。左宗棠领衔反对，指斥李鸿章误尽苍生，将落个千古骂名。全国舆论哗然，群情激愤，弄得李二先生狼狈不堪。李鸿章决定拿左宗棠的下属开刀，杀鸡给猴看，指使亲信潘鼎新、刘铭传等陷害"恪靖定边军"首领王德榜等人，将他们充军流放。左宗棠上书鸣冤，眼看就要翻过案来，但现在左宗棠死了。好了，一了百了，主战派的旗帜倒了……

死，对于死者来说，是结束。但对活着的人，是一种绝望的痛苦。大清的中兴重臣一个接一个地死了，茫茫九州，哪里还听得到复兴的呐喊？大清气数尽矣。

二

左宗棠是时代造就的英雄。那是一个鱼龙混杂、泥沙俱下的时代，一个人心浮躁、动荡不安的时代，一个注定要出英雄的时代。那时的大清，已没有了指点江山的豪情，没有了秋风扫落叶的霸气，像一个垂暮的老人，靠药物在维持生命。

左宗棠出生于清嘉庆十七年（1812年），字季高，湖南湘阴人。

4岁时，随祖父在家中梧塘书塾读书，6岁开始攻读《四书》、《五经》等儒家经典，9岁开始学作八股文。道光六年（1826年），15岁的左宗棠参加湘阴县试，名列第一。次年应长沙府试，取中第二名。道光九年，左宗棠18岁，开始读顾祖禹的《读史方舆纪要》、顾炎武的《天下郡国利病书》和齐南的《水道提纲》，这些经世致用之学，为他日后的成功奠定了知识基础。

道光十二年，左宗棠以监生身份参加湖南乡试，中第十八名。此后6年间，三次赴京会试，均未考中。空洞枯涩的八股文，碾碎了左宗棠的梦想。他后来说："读书当为经世之学，科名特进身阶耳。"进身无阶，壮志难伸，左宗棠的心情是复杂、迷离的。他决定不再参加会试，何必像范进一样在考试路上耗尽生命？从此"绝意仕进"，自号"乡上农人"，打算"长为农夫没世"。

但这不是在悲观中沉沦，而是要寻找新的报国途径。23岁结婚时，左宗棠就在新房自写一副对联：

> 身无半文，心忧天下；
>
> 读破万卷，神交古人。

气吞山河的宣言，是自勉，也是他一生的写照。

1838年，左宗棠赴南京，谒见赫赫有名的老乡陶澍。陶澍是连任了十多年的两江总督，是当时经世致用之学的代表人物。此前，他们有过一段缘分。

那是一年前的春天，陶澍回老家安化省亲。途经醴陵，下榻的公馆门上的一副对联让他怦然心动：

> 春殿语从容，廿载家山印心石在；
>
> 大江流日夜，八州子弟翘首公归。

这副对联，表达了故乡人对陶澍的敬仰之情，又道出了陶澍一生最为得意的一段经历。走进公馆，迎面是一幅山水画，上有两句小诗：

> 一县好山为公立，两度渌水俟君清。

小小醴陵，居然有我的知己！这位花甲之年的封疆大吏，当即提出要见见这诗文作者。

左宗棠来了，一个二十多岁的年轻人，时任渌江书院院长。陶澍推迟行期，与素昧平生的左宗棠彻夜长谈，共议时政。这是两代人的聚首，这夜晚不熄的烛光，照亮了沉沉史书。历史学家把左陶结缘称做"以诗拜师"：左宗棠提出要做陶澍的学生，陶公爱才，欣然应允。后来，左宗棠虽然于国家民族之贡献在陶公之上，但出自陶公门下，他毕生引以自豪。祖国山河，原本是一代又一代人打理出来的。

左宗棠来到南京，这个落魄的穷举人，做了两江总督府的四品幕僚。陶澍甚至以一代名人之尊，提出与左家结秦晋之好，将年仅5岁的唯一儿子陶桄，许给左宗棠为婿，表明他对左氏才学与人品的器重。左宗棠正是由此开始接触军国要务，开始了解夷人的船坚炮利与世界大势。

左宗棠初试锋芒，以至十年后的1849年秋天，民族英雄林则徐途经长沙，指名要见当时在老家隐居读书的左宗棠。

去见林则徐是在夜里。37岁的左宗棠行色匆匆，心情激动，一脚踏空，落入湘江水中。林则徐笑曰："这就是你的见面礼？"

林则徐在虎门点燃抗英的烈火，被道光皇帝"发往伊犁效力赎罪"。一晃几年，大漠的风沙没有消磨他一心为国的壮志。这次朝廷下了赦令，批准他由新疆回归故里，沿途各地把他当做凯旋的英雄。现在，林则徐见了左宗棠，眼睛顿时一亮，真是"众里寻他千百度"，可以托付大事的人找到了。他将自己在新疆整理的资料和绘制的地图全部交给左宗棠，说："吾老矣，空有御俄之志，终无成就之日。数年来留心人才，欲将此重任托付！"

年逾花甲的林则徐是用滴血的心说这段话的，好比临终托孤。临别，林则徐以一联相赠：

苟利国家生死以，岂因祸福避趋之。

左宗棠本就是经天纬地之才，从小就效仿民族英雄，曾以"再世诸葛"自喻，他当然知道这两句话的分量，从此毕生当做座右铭。他说："每遇艰危困难之日，时或一萌退志，实在愧对林公，愧对知己。"

林则徐回福建后，身染重病，知道来日不多，命次子聪彝代写遗书，向咸丰皇帝推荐左宗棠，称其为"绝世奇才"。

左宗棠的名字引起了京城的注意。

## 三

左宗棠是一个孤独的人，正所谓"世人皆醉我独醒"。一个王朝的开始，总是群英聚会，大气磅礴。到后来，没有了征战，没有了拼杀，没有了锐气，皇宫渐渐滋生享乐和荒淫，最终走向腐朽。在后宫女人怀里长大的爱新觉罗子孙，志短才薄，一副弱骨，哪里谈得上雄才大略、文治武功？他们正在重复前朝衰败的历史。

但左宗棠却怀着补天之志，他要抗争，他要阻止国破家亡的悲剧发生。怀着这种心态，他接受湖南巡抚张亮基的邀请，出山辅政，入巡抚衙门主幕戎机。这一年，左宗棠44岁。

咸丰九年腊月，翰林院侍读学士潘祖荫向咸丰帝写了一道奏疏，其中说："国家不可一日无湖南，即湖南不可一日无宗棠也。"

潘祖荫是吴县才子，后来官至刑部尚书。此时，左宗棠不过是新任湖南巡抚骆秉章的幕僚。潘将一个无官无职的幕僚说得这么重要，身系国家安危，这两句话，让左宗棠的名字一夜传遍全国，成了大众心目中的英雄！

咸丰帝终于心动。已是暮气沉沉的朝廷，多么希望有一点阳刚之气！

# 四

新疆告急！

同治六年（1867年），新疆匪首阿古柏自封为王，立国号为哲德沙尔汗国，宣布脱离清廷。俄国乘机占据伊犁，英国也虎视眈眈，意图瓜分西北。160万平方公里的新疆，有从大清版图上消失的危险。

十年后的一日早朝，权倾朝野的重臣李鸿章向慈禧太后奏道："新疆乃化外之地，茫茫沙漠，赤地千里，土地瘠薄，人烟稀少……依臣看，新疆不复，与肢体之元气无伤，收回伊犁，更是不如不收回为好。"

在左宗棠看来，"若此时即拟停兵节饷，自撤藩篱，则我退寸，而寇进尺"，收复新疆，势在必行。胜固当战，败亦当战。倘若一枪不发，将万里腴疆拱手让人，岂不成为中华民族的千古罪人？!

没有风，没有月，没有人送行，左宗棠是在一天夜里出京的。慈禧任命他为钦差大臣，督办新疆军务，他要去兰州做出征的准备。这个刚毅、坚韧、雄心未老的湖南汉子，面对内忧外患，且"兵疲、饷绌、粮乏、运艰"，却信心百倍。"六十许人，岂尚有贪功之念？所以一力承担者，此心想能鉴之。"他带着当年林则徐绘制的新疆地图，肩负着千万中国人的重托，心胸燃烧着正义的烈火，他将要进行的是正义的战争。

左宗棠率领6万湖湘子弟从兰州出发了，这是光绪二年（1876年）春天。总督府响起了三声炮响，左宗棠的队伍一路西行，浩浩荡荡。这是一条官道，车辚辚，马萧萧，汉唐以来，多少人在这里远赴绝域，开疆辟土，祖宗遗业，岂能在我们这代人手中丢掉？

左宗棠是真正的军事家，当年在长沙，翼王石达开最大的遗憾是放走了偶遇的左宗棠，惊呼放虎归山，他日与太平军对阵的必是此人。后来果不出所料，左宗棠指挥部队与太平军、捻军作战，从两湖到两广，从淮南到淮北，数十万大军对峙，那战斗何等惨烈，马蹄击溅，金属碰撞，热血喷射。多少次化险为夷，左宗棠从死人堆里爬出来投入战斗。他是在绝望中诞生的强者，是善于扼住命运咽喉的伟丈夫。他从幕僚做起，在锋矢间逐步成长为叱咤风云的统帅。

晚清大词人况周颐在《餐樱庑随笔》中记录了一份奏疏，足见左宗棠英雄了得：

> 臣维西北战事，利在戎马，东南战事，利在舟楫。观东南事机之顺，在炮船练成后，可知西北事机之转，亦必待军营马队练成后也。春秋时，晋侯乘郑之小驷以御秦，为秦所败，是南马不能当西马之证；汉李陵提荆湖步卒五千，转战北庭，为匈奴所败，是步队不能当马队之证。

援经据史，读书得间；运筹帷幄，决胜千里。

收复新疆的战争没有退路。白雪皑皑的祁连山下，猎猎长风卷起了大纛。这是一场维护民族尊严的战争，征战的将士们情绪高昂；这是为祖国的统一和完整而战，于是冷血沸腾，怯懦者变成了红眼的怒狮。湖湘子弟在血雨腥风中冲锋陷阵，实际上也是在重塑民族的精神。

一年后，新疆全境收复。这是近代史上最扬眉吐气的一件大事，是晚清夕照图中最光彩的一笔，左宗棠借此进入了中国历史上伟大民族英雄的序列。

## 五

综观左宗棠的一生，最辉煌的是收复六分之一的国土。这是他个人的荣耀和骄傲，更是国家之福。浙江巡抚、左宗棠的老友杨昌濬在清廷恢复新疆建省后到西域，所到之处，杨柳成荫，鸟鸣枝头，人来车往，百业兴旺，当即吟出一首《恭诵左公西行甘棠》：

> 大将筹边尚未还，湖湘子弟满天山；
>
> 新栽杨柳三千里，引得春风度玉关。

——与唐代诗人王之涣慷慨悲凉的"春风不度玉门关"正相映照。我上小学时就读过这首诗，小小心田，对英雄无限景仰。后来我去新疆，只见棵棵柳树绿满天山南北，人们说，这是左公当年所栽，叫"左公柳"，那矗立的柳树有如左公风范长存。

我知道，左宗棠自从请缨西征，白发戍边，就没有打算还乡。他在给家人的信中抒发了这样的抱负："天下事总要有人干，国家不可无陕甘，陕甘不可无总督，一介书生，数年任兼折，岂可避难就易哉！"他早已将个人生死置之度外，纵然是万丈深渊，也百折不回，宁愿马革裹尸。一个人一旦将自己的命运和祖国的命运连在一起，他就荣辱皆忘，名利皆忘，他的人格就伟大了。左宗棠激动人心的业绩，揭示了生命的大义，撑起了中华民族的脊梁。

与其说是破碎山河成就了左宗棠的功名，不如说是左宗棠创造了这一段历史。

收复新疆了，左宗棠曾专门到福建林则徐祠拜谒。他没有忘记林公当年的嘱咐和期待，他甚至以陶澍、林则徐的继承者自居，在陶林二公祠写对联：

> 三吴颂遗爱，鲸浪初平，治水行盐，如公皆不朽；
>
> 卅载接音尘，鸿泥偶踏，湘间邗上，今我复重来。

——左宗棠死了，结局有些悲剧色彩：中国人还没有猛醒，国土还将面临瓜分。朝政腐败，国将不国，26 年后，清王朝终于覆灭……

英雄已逝，一抔黄土。

左宗棠死了，虽死犹在。

（摘自《读者》2003 年第 12 期）

# 致　谢

2022 年 10 月 16 日，举世瞩目的中国共产党第二十次全国代表大会在北京召开，大会为我们今后的前进指明了方向、擘画了蓝图。党的二十大报告第八部分"推进文化自信自强　铸就社会主义文化新辉煌"为今后的文化工作提出了更高要求。在深入学习领会党的二十大精神的基础上，甘肃人民出版社按照党的二十大报告"实施全民道德提升工程，弘扬中华传统美德"的要求，策划了以"中华传统美德"为主题的新一辑"读者丛书"。丛书共 10 册，分别以"仁爱孝悌""谦和好礼""诚信知报""精忠报国""克己奉公""修己慎独""见利思义""勤俭廉政""笃实宽厚""勇毅力行"为主题，从历年《读者》杂志、各类图书及其他媒体上精选了 600 多篇美文汇编而成，我们希望通过一篇篇引人深思的文章或一个个感人至深的故事，让广大读者进一步加深对中华传统美德的认识，让这一美德在中华大地上能够得到更加广泛的传承和弘扬。

与往年一样，《读者丛书·中华传统美德读本》的策划、编辑、出版得到了中共甘肃省委宣传部、甘肃省新闻出版局以及读者出版集团、读者杂志社等各方的指导和帮助，在此深表谢意！丛书的编选也得到了绝大多数作者的理解和支持，他们对作品的授权选编和对丛书的一致认可解除了我们的后顾之忧，对此我们表示诚挚的谢意！虽然我们尽力想把工作做得更细致、更扎实，但因为种种原因依然未能联系到部分作者，对此我们深表歉意，也请这些作者见到图书后与我们联系。我们的联系方式是：甘肃人民出版社（甘肃省兰州市曹家巷 1 号，730030，联系人：李舒琴，13919907936）。

读者丛书编辑组

2023 年 10 月